SHIJIE SANWEN
JINGPINJI CONGSHU

CHUNTIAN DE XIAXIANG

春天的遐想

本书编写组◎编

世界图书出版公司
广州·北京·上海·西安

图书在版编目（CIP）数据

春天的遐想／《春天的遐想》编写组编 . —广州：
广东世界图书出版公司，2010.8（2024.2 重印）
ISBN 978－7－5100－2618－8

Ⅰ．①春… Ⅱ．①春… Ⅲ．①散文－作品集－世界
Ⅳ．①I16

中国版本图书馆 CIP 数据核字（2010）第 160319 号

书　　名	春天的遐想	
	CHUNTIAN DE XIAXIANG	
编　　者	《春天的遐想》编写组	
责任编辑	康琬娟	
装帧设计	三棵树设计工作组	
出版发行	世界图书出版有限公司　世界图书出版广东有限公司	
地　　址	广州市海珠区新港西路大江冲 25 号	
邮　　编	510300	
电　　话	020-84452179	
网　　址	http://www.gdst.com.cn	
邮　　箱	wpc_gdst@163.com	
经　　销	新华书店	
印　　刷	唐山富达印务有限公司	
开　　本	787mm×1092mm　1/16	
印　　张	13	
字　　数	120 千字	
版　　次	2010 年 8 月第 1 版　2024 年 2 月第 12 次印刷	
国际书号	ISBN　978-7-5100-2618-8	
定　　价	59.80 元	

前　言

　　散文是与诗歌、小说、戏剧并称的文学样式，素有"美文"之称，包括随笔、游记、杂文、书信、回忆录、小品、评论、日记、通讯等多种形式。散文可以描绘秀美山川，可以怀念田园牧歌，可以赞美至爱亲情，也可以展示个人的生活情调，其形式自由、篇幅短小、取材广泛、写法灵活、语言优美，能比较迅速地反映生活，深受人们喜爱。

　　散文可以分为叙事散文、抒情散文、写景散文、哲理散文四类。叙事散文以写人记事为主，对人和事的叙述和描绘较为具体、突出，侧重从叙述人物和事件的发展变化过程反映事物的本质，具有时间、地点、人物、事件等因素，同时表现作者的认识和感受，带有浓厚的抒情成分，字里行间充满饱满的感情；抒情散文注重表现作者的思想感受，抒发作者的思想感情，通常没有贯穿全篇的情节，具有强烈的抒情性，它或直抒胸臆，或触景生情，洋溢着浓烈的诗情画意，即使描写的是自然风物，也赋予了深刻的社会内容和思想感情，具有强烈的艺术感染力；写景散文以描绘景物为主，多在描绘景物的同时抒发感情，或借景抒情，或寓情于景，抓住景物的特征，按照空间的变换顺序，运用移步换景的方法，把观察的事物的变化作为全文的脉络，借助生动的景物描绘烘托人物的思想感情；哲理散文则是感悟的参透、思想的火花、理念的凝聚、睿智的结晶，它纵贯古今，横亘中外，包容大千世界，穿透人生社会，寄寓于人生百态、家长里短，闪现思维领域的万千景观，善于抓住哲理闪光的瞬间，形诸笔墨，内涵丰厚、耐人寻味。总之，散文有"形散而神不散"、意境深邃、注重表现作者的生活感受、抒情性强、情感真挚、语言优美凝练、富于文采等特点。

另外，散文除了有精神的见解、优美的意境外，还有清新隽永、质朴无华的文采。经常读一些好的散文，不仅可以丰富知识、开阔眼界、培养高尚的思想情操，还可以从中学习选材立意、谋篇布局和遣词造句的技巧，提高自己的语言表达能力。希望我们精心选编的这套世界散文集能带给读者诸多收获。

编　者

目　录

春天的遐想

世界散文精品集丛书

春天的遐想

英国作家、批评家。代表作有《时至今日》、《芝麻与百合》、《野橄榄花冠》、《劳动者的力量》和《现代画家》、《往昔》。

谈　书

　　一切书籍无不可分作两类：一时的书与永久的书。请注意这个区别——它不单是个质的区别。这并不仅仅是说，坏书不能经久，而好书才能经久。　这乃是一个种的区别。书籍中有一时的好书，也有永久的好书；有一时的坏书，也有永久的坏书。

　　所谓一时的好书（至于坏书我这里就不讲了）往往不过是一些供你来观阅的有益或有趣的谈话而已，而发表谈话的人，你除了观阅其书以外，常常无法和他交谈。这些书往往非常有益，因为它会告诉你许多必要的知识，往往非常有趣，正像一位聪明友人的当面谈话那样。种种生动的旅行记叙；轻松愉快而又充满机智的问题讨论；以小说形式讲述的各种悲喜故事；事过境迁，由当事人亲自提供的确凿事实；——所有这些一时的书，随着文化教育的普及而日益增多，乃是我们这个时代所特有的事物；对于它们，我们应当深表感谢，而如果不能善为利用，还应当深感惭愧。但是如果竟让它们侵占了真正书籍的地位，那我们就又完全用非其当了，因为，严格地讲，这些很难算是什么书籍，而只不过是楮墨精良的书信报章而已。

　　我们友人的来信在当天也许是有趣的，甚至是必要的，但是有

春天的遐想

1

无保存价值，就须考虑了。报纸在吃早饭时来读可能是最好不过了，但是作为全天的读物，便不适合。所以，一封内容关于去年某地的客栈、旅途或天气的有趣记载的长信，或是其中讲了什么好玩的故事或某某事件的真相的其他信件，现在虽然装订成册，而且也颇有临时参考价值，却在严格的意义上讲，不能称之为"书"，而且在严格的意义上讲，也谈不上真正的"读"。

书籍就其本质来讲，不是讲话，而是著述；而著述的目的，不仅在于达意，而且在于流传。讲话要印成书册主要因为讲话人无法对千千万万的人同时讲话；如果能够，他会愿意直接来讲的——书卷只是他声音的扩充罢了。你无法和你在印度的朋友谈话；如果能够，你也会愿意直接来谈的，于是你便以写代谈：这也无非是声音的传送而已。但是书籍的编著却并非仅仅为了扩充声音，仅仅为了传送声音，而是为了使它经久。一个作家由于发现了某些事物真实而有用，或者美而有益，因而感到有话要说。据他所知，这话还不曾有人说过；据他所知，这话也还没人能说得出。因此他不能不说，而且还要尽量说得清楚且优美；说得清楚，是至少要做到的。

终其一生当中，他往往发现，某件事物或某些事物在他特别了然于胸——这件事物，不论是某种真知灼见或某种认识，恰是他的世间福分机缘所允许把握的。他极其渴望能将它著之篇章，以垂久远；镂之金石，才更称意；"这才是我的精华所在；至于其余，无论饮食起居，喜乐爱憎，我和他人都并无不同；人生朝露，俯仰即逝；但这一点我却见有独到：如其我身上还有什么值得人人记忆的话，那就应以此为最。"这个便是他的"著作"；而这个，在一般人力所达到的有限范围，而且也不论其中表现了他真正灵感的多寡，便无异是他的一座丰碑，一篇至文。这便是一部真正的"书"。

或许你认为这样写成的书是没有的吧？

那么，我就又要问你，你到底相信不相信世间还有诚恳二字？或还有仁慈二字？是否你认为，才隽之士的身上从来也看不到半点诚恳与宽厚的地方？但愿诸位当中不致有谁会悲观失望到抱持这种看法。其实，一位才隽之士的作品当中，凡是以诚恳态度和宽厚用心所著成的部分，这一部分便无愧是他的书或艺术作品。当然其中总不免夹杂有种种不佳的部分——例如败笔、芜词、矫揉造作等等。但是只要你读书得法，真正的精华总是不难发现的，而这些也都无愧是书。

对于一部书籍，我们往往脱口而下这类断语："这书多么妙啊——恰与我的想法相合！"然而正确的态度却应当是："这事多么怪啊！我还从来不曾想到这个，不过我认为那话是对的；如果我现在还不能理解它的正确，但愿终有一天我能理解。"不管是否这样谦虚吧，但至少应当清楚，当你读一本书时，主要的是去领会那作者的意思，而不是去寻找你自己的意思。进行评论是可以的，那是你程度提高了以后的事；但首先应当弄懂原意。再有一点应当清楚，即是这位作者如果还多少有点价值的话，那么你未必能一下领会他的意义；至于全部领会更绝非你短期所能办到。这倒并非因为作者没有把他的意思表达出来，甚至相当有力地表达出来；只是作者不可能把他的话全部说完；另外，这点也许更加古怪，作者也不情愿这样，而只是以一种隐晦的方式出之，以寓言的方式出之，其目的在测验你有无诚意。这个原因我说不透，另外，我对一些睿智之士好把他们的思想潜藏胸底、秘不示人的冷酷作法，也不大善于分析。他们在向你传授知识时，不是把它视作一种援助，而是视作一种奖赏；必先弄清你配受奖，然后才允许你去获取。但是这种智慧的探求也正和一种珍贵的物质（黄金）的探求相同。在你我看来，地层的电力似乎没有什么理由不把其中所蕴藏的全部黄金都一齐搬运到山顶之上，但是大自然非要把金子隐藏在一些谁也不知道的穴罅隙缝之中；你很可能挖了很久，然一无所获，要找到一点儿也得历尽千辛万苦。

在人类高级智慧的探求上，情况也是这样。当你打开一本好书之前，你必须对自己提出几个问题："我自己是否能像那澳大利亚采掘工一样吃苦？我的锄头铁铲是否有用？我的思想准备是否充分？我的袖子是否已卷得高高，另外气力心情是否正常？"如果把这比喻再打下去（即使有点令人厌烦，但这比喻确实非常有用），那么你所探求的金子便是那作者的思想或意思，他的文句便是你为了寻金所必须捣碎和冶炼的矿石。你的丁字锄便是你自己的辛苦、聪明与知识；你的熔炉便是你那探索事物的心智。离了这些工具和你那炉火，你休想去弄懂一位作家的意思；实际上你的一套刀具往往得利而再利，精而再精，你的一番冶炼也得辛苦耐心之至，才有可能挣得一粒黄金。

正因为这种缘故，所以我便要老实不客气地，甚至以权威口气对你讲（因我自信在这点上我是对的），你必须养成对义字深入钻研的习惯，要一点一滴、仔仔细细地弄清每个词的确切意义。一个人尽可以把整个英国博物馆中的图书全部读遍（如果天能假年的话），而仍旧是个"不通文理"和缺乏教育的人。但是一个人却可以仅把一部好书一字不漏地读上十页——即是真正精确透辟地阅读，——而从此，在一定程度上，不失为一位受过教育的人。

两条道路

在新年之夜，一位上了年纪的人伫立在窗前。他抬起充满哀伤的眼睛，仰望着深蓝色的天空，星星在那里游移着，如同朵朵百合散落在清澈而平静的湖面上。接着他把目光投向地面，看到几个比他更加绝望的人正走向他们的终点——坟墓。在通往人生终点的道路上，他已经走过了六十个驿站，除了过失和悔恨之外，他一无所获。现在，他健康欠佳，精神空虚，心情忧郁，缺少晚年应有的舒适和安逸。

年轻时的时光如梦幻般浮现在他眼前，他回想起父亲将他放在人生道路的入口处时那个关键的时刻。当时，摆在他面前的有两条道路：一条通向和平宁静、阳光灿烂的地方，那里充满花果，回荡着柔和甜美的歌声；另一条则通向黑暗无底的深渊，那里流淌着毒汁而非清水，恶魔肆虐，毒蛇横行。

他仰望着天空，痛苦地叫喊："啊，青春，请回来吧！啊，父亲，请把我重新放到人生道路的起点上吧，我将会做出更好的选择。"然而父亲和他的青春都已离他远去。

他看着灯光被黑暗吞没，那就是他虚度的时光；他看见一颗星星从空中陨落、消逝，那正是他自身的写照，悔恨如同利剑深深刺进他的心脏。然后，他回想起儿时的朋友，他们曾与他一同踏上人生的旅程，现在已走在成功的道路上，受到人们的尊敬，此时正沉浸在欢度新年的幸福中。

教堂高塔上的钟声敲响了，这让他回忆起父母早年对他的爱，他们曾给予他谆谆教诲，曾为他的幸福向上帝祈祷。但他偏偏选择人生的歧途。羞愧和忧伤使他再也不敢正视他父亲所在的天堂。他双眼无神，饱含着泪水，在绝望中，他奋力高喊："回来吧，我那逝去的岁月！回来吧！"

他的青春真的回来了，因为上面所发生的一切只不过是他在新年所做的一场梦。他依然年轻，当然他也曾真的犯过错误，但还不至于堕入黑暗深渊，他仍然可以自由地走在通向宁静和光明的道路上。

正在人生路口徘徊，正在犹豫是否要选择光明大道的年轻人啊，你们一定要记住：当你青春已逝，在黑暗的群山中举步维艰、跌跌撞撞的时候，你才会痛心疾首、徒劳无功地呼喊："啊，回来吧，青春！啊，把我美好的年华还给我吧！"

作者简介 ❖

埃里克·吉尔

（1882～1940）

英国雕塑家。散文代表作品《教育为了什么》。

教育为了什么

教育的目标和目的是什么呢？

很明显，你不能完全违背一个人的自然习惯而去引导他。喂养与训练一匹马时，千万要牢牢记住你是在与一匹马打交道。我们不会把它当别的什么对待。但是与人打交道，人们却会犯迷糊。我们仿佛简直不知道人到底是什么东西，人生来是为什么。所以，显然这点是首先要清楚的。人是什么呢？人生一世到头来是为了什么呢？

在当今这个世界上，不管我们嘴上说什么，我们的行为差不多全部表明，人活一生除了在这个世界上出人头地别无任何理由——只为获得大量的物质享受——只为获得一份优厚的薪水。这点似乎被人们视作理所当然与至关重要的事情。占有这种物质之后，我们才认为做了被视作理所当然与至关重要的事情。占有这种物质之后，我们才认为倘若人再粉饰一种文化与彬彬有礼——也就是人们能够欣赏好书、说话字正腔圆的华丽外衣，那是一种美上加美的事情。

因此，看来当今之日我们关于人的定义是：人是一种动物，之所以存在只是为了活着时活得快活，因此教育的目标便是为了把适合这一目的的那些本领挖掘出来。首先，他必须学会如何争取过上一种好生活；其次，学会如何享受好生活，享受方式务必不至毁掉它。我们必须学会如何发家致富，我们还必须学会远离醉生梦死的生活，别把财富挥霍一空。剥去一切伪装，这就是当今之日人们的观念的总路线。

这并非我们所说，而正是我们所做。而且就是那些自认为比别人更有教养的人也是如出一辙地按这条老路走着。也许，他们会在嘴上说，教育的目标是把我们身上最好的东西挖掘出来——教我们认识我们自己，并控制我们自己，然后我们就能更加愉快地生活下去——但是真正实行起来却又是另一回事——获取过上等生活的手段，然后享受生活。

然而，如果说人类这种习以为常的唯物是占的观点就是让人们去获取东西，多多为善——很少有人会真正感到获取够了——这显然是一种非常有局限的观点了。对我们大家一致推崇备至的那些人身上应具备的品质完全没有考虑在内，比如谦虚、无私和仁慈，除非这些优良品质有助于我们出人头地；这种观点没有考虑人类对某种真实的和不变的而且不会腐朽和死亡的东西孜孜不倦的追求。我不禁会问，如果人类这种习以为常的唯物是占的定义只是让人们多多获取物质，那么别的观点还有立足之地吗？如果人类是兽类之中的一种，那么人类还算人吗？是啊，我看，即使不涉足宗教争论这块可怕的领地，我们也会争辩几句。上帝存在，上帝是一个人——是万物的有人性的造物主和主宰，而我们是他的臣民，是他牧场上的羔羊。我们是按他的样子创造出来的——也就是说，我们成就了上帝的精神本质。我们是理性的存在物，能对行为的利弊得失谨慎考虑，仔细权衡；如此这番的权衡过后，我们能自由地行动。不管我们能否善待自己，可我们肯定能管住自己，不干恶事，哪怕我们管到某种程度——也许能管到很大程度——不致成为我们肉体的、心理的伪装牺牲品。因此，我们被恰如其分地称为负有责任的人，而不是甘愿听凭那些我们身置其中的力量支配的自动玩具。所以，如果我们是上帝的孩子——因为从宗教看人的角度来说，我们不应只是没有任何责任感的动物（毕竟，你可以惩罚一只狗——但是你无法真的让它负什么责任）——如果我们是上帝的孩子，那么我们也是继承人。我们应该与上帝分享他自己生活里的某种东西。我们有我们所谓的使命感。事实上，我们有一种独立于我们在这人世间物质生活之外的归宿。为了这一归宿，这种物质生活是训练基地，是做准备的所在。事实上，这就是学校——一个我们接受教育的地方。

话至此，说明白了还是没有？就是说，如果我接受了宗教关于人之本质的看法，那么我们就应该采取一种截然不同另行一套的教育观。我们不再仅仅认为在商业和物质意义上发迹就是成功。我们这下必须认定在走往天堂的路上应该与众不同。我们学会的每一样东西，向我们的孩子或者我们的学生灌输的每一种东西，我们务必记住这一事实。我们必须学会在这个世界上出人头地——但出人头地本身不是目的，只是走向天堂的阶梯。任何教育，只要忽略了这点，或忽略到了某种程度，那它就是虚假的教育，因为它对人类是虚假的，它是反自然的；它也是与上帝之子以及继承人的本质背道而驰的。这一切听起来非常虔诚——虽然听来虔诚没有什么害处——有人会认为我在鼓吹全然不顾实践事情的漠然态度——也许还认为我在蔑视世俗的成功，我在蔑视阅读、写作，在蔑视算术、舞蹈、体操和科学和历史呢。并非如此，我只是在说，作为家长和老师，我们教授这些东西时必须用一只眼睛盯着我们的目标。如果，如同唯物主义者一样，像我们今天大多数在实践中的所作所为一样，我们认为没有什么目标可言了，那么，针对这种只是训练孩子去获奖去谋好差事为唯一目标的教育，说什么都是废话了。

但是，如果我们不接受这种唯物主义哲学，如果我们不同意这种以金钱衡量历史的看法，如果我们认为人不仅仅是除了获取物质财富别无他求的东西，如果我们接受了这种宗教观念——因为如果我们多少动一动念头，我们就会知道我们不会仅仅满足于干活挣钱去购买那些只是人们制造出来为了出卖的东西……那么我们就会采取一种大相径庭的教育观点。我们甚至对数学对阅读对写作都采取大相径庭的观点，因为我们会以全然不同的心境攻击它们，这才是要点。问题并不是说我们什么都不干，只写赞美诗好了，尽管最好的诗歌就是赞美诗。问题也不是说我们只读《圣经》，尽管《圣经》是最好的书；或者说我们只在计算我们给予多少（而不是计算我们花掉了多少），仅仅是因为我们会以某种天堂的方式或者通往天堂的方式看待所有的事情。因为这样一来，教育就不仅意味着挖掘那些让我们在世俗事情上成功的本领，还会挖掘那些让我们更适合一种永远生存而不仅仅是暂时生存的本领。我们审视每件事情，一如哲学家所说，sub speie ternitatis——也就是说我们会看每件事情看其本来形态，看其永久的形态，看其存在的形态而非其行为的形态。因为这不是我们非得这样做事不可，而是我们本来就该这样做事。存在比行为更重要。但是如果，像唯物主义者及其追随者，今天的生意人，那么我们会说行为后面没有存在，只有行为，随后我们不仅会失去天堂里的那个"上帝之国"，还会丢掉人世间的"上帝之国"。

　　然而，尽管我们对追求世俗的成功满怀热情，但是我们知道一种世俗的教育观念是非常难以令人满足的——至少可以这样讲。追求世俗并不能令我们满意。我们想要更多的东西。我们经常想，一方面学会有助于我们能够出人头地的本事，一方面掌握我们称为高尚的学科—— 一点点艺术，一点点诗歌和外语，那就两全其美了；正如同人们修建银行和市政大楼，要使用钢筋和水泥和最廉价最省工的方法，然后依照古典庙宇装点立柱和雕刻的样子，在前面精心搞一些石雕装饰。

　　教育就应该是这样的。如果我们不能让我们的孩子受到真正的宗教教育，一层深似一层，这样他们学习的每种东西可以与他们的最终的天堂归宿相得益彰，那么我们索性只关心生意中黄油面包的部分，教给他们一些实际的东西——例如读、写、算、和健身；如何看旅客列车表；如何开汽车——这倒是更可取，管它什么经典作品和莎士比亚和一切伪文化。

因为如果文化只是钢铁建筑表层外加了一种哥特式装饰——比如伦敦塔桥；或者钢架结构上安装了一层古典样式——比如舰队街上的《每日电邮报》大楼——那它就是虚幻的了。文化，如果它要成为一种货真价实的东西而且是一件神圣的东西，那么它必须是为了生计而制造的一种产品——而不是什么加在表皮上的东西，比如丸药外面裹的糖衣。

所以，说来说去还是这样的问题：人是什么？人仅仅是为了世俗生活奔波一生的动物呢，还是把永恒生命考虑在内的上帝之子？

作者简介 ◆

乔纳森·斯威夫特

（1667～1745）

英国作家。主要作品有《书的战争》、《桶的故事》、《格列佛游记》等。

扫帚把上的沉思

　　你看这根扫帚把，现在灰溜溜地躺在无人注意的角落，我曾在树林里碰见过，当时它风华正茂，树液充沛，枝叶繁茂。如今变了样，却还有人自作聪明，想靠手艺同大自然竞争，拿来一束枯枝捆在它那已无树液的身上，结果是枉费心机，不过颠倒了它原来的位置，使它枝干朝地，根梢向天，成为一株头冲下的树，归在任何干苦活的脏婆子的手里使用，从此受命运摆布，把别人打扫干净，自己却落得个又脏又臭，而在女仆们手里折腾多次之后，最后只剩下一枝根株了，于是被扔出门外，或者作为引火的柴禾烧掉了。

　　我看到了这一切，不禁兴叹，自言自语一番：人不也是一根扫帚把么？当大自然送他入世之初，他是强壮有力的，处于兴旺时期，满头的天生好发；如果比作一株有理性的植物，那就是枝叶齐全。但不久酗酒贪色就像一把斧子砍掉了他的青枝绿叶，只留给他一根枯株。他赶紧求助于人工，戴上了头套，以一束扑满香粉但非他头上所长的假发为荣。要是我们这把扫帚也这样登场，由于把一些别的树条收集到身上而得意洋洋，其实这些条上尽是尘土，即使是最高贵的夫人房里的尘土，我们一定会笑它是如何虚荣吧！我们就是这样偏心的审判官，偏于自己的优点，别人的毛病！

春天的遐想

你也许会说，一根扫帚把不过标志着一棵头冲下的树而已，那么请问：人又是什么？不也是一个颠倒的动物，他的兽性老骑在理性背上，他的头去了该放他的脚的地方，老在土里趴着，可是尽管有这么多毛病，还自命为天下的改革家，除弊者，申冤者，把手伸进人间每个藏污纳垢的角落，扫出来一大堆从未暴露过的肮脏，把原来干净的地方弄得尘土满天，肮脏没扫帚而扫的人自己倒浑身受到了污染；到晚年又变成女人的奴隶，而且是一些最不堪的女人，直到磨得只剩下一枝根株，于是像他的扫帚老弟一样，不是给扔出门外，就是拿来生火，供别人取暖了。

作者简介 ❖

约翰·弥尔顿

（1608～1674）

英国诗人、政论家。主要作品有《快乐的人》、《幽思的人》、《失乐园》、《复乐园》和《力士参孙》等。

《论出版自由》 二则

出版检查之弊

如果我们想依靠对出版的管制，以达到醇正风尚的目的，那我们便必须管制一切消遣娱乐，管制一切人们赏心悦目的事物。除端肃质朴者外，一切音乐都不必听，一切歌曲都不编不唱。同样舞蹈也必设官检查，除经获准，确属纯正者外，其余一切姿势动作俱不得用以授徒。此节柏拉图书中本早有规定，但要想对家家户户的古琴、提琴、吉他逐一进行检查，此事确乎非动用二十个以上检察官莫办；这些乐器当然都不能任其随便絮叨，而只准道其所应道。但是那些寝室之内低吟着的绵绵软语般的小调恋歌又应由谁去制止？还有窗前窗下、阳台露台也都不应漏掉；还有坊间出售的种种装有危险封皮的坏书；这些又由谁去禁绝？二十个检察官敷用吗？村里面自然不应乏人光顾，好去查询一下那里的风笛与三弦都宣讲了些什么，再则都市中每个乐师所弹奏的歌谣、音阶等等，已都属在查之例，因为这些便是一般人的《理想乡》与蒙特梅耶脱离现实世界而遁入到那些碍难施行的"大西岛"或"乌托邦"式的政体中去，决不会对我们的现状有所补益；想要有所补益，就应当在这个充满

邪恶的浊世中，在这个上帝为我们所安排的无可逃避的环境中，更聪明地去进行立法。

言论自由之利

正像在躯体方面，当一个人的血液活鲜，各个基本器官与心智官能中的元气精液纯洁健旺，而这些官能又复于其机敏活泼的运用中恣骋其心智的巧慧的时候，往往可以说明这个躯体的状况与组织异常良好那样，同理，当一外民族心情欢快，意气欣欣，非但能绰有余裕地去保障其自身的自由与安全，且能以余力兼及种种坚实而崇高的争论与发明的时候，这也向我们表明了它没有倒退，没有陷入一蹶不振的地步，而是脱掉了衰朽腐败的陈皱表皮，经历了阵痛而重获青春，从此步入足以垂懿范于今兹的真理与盛德的光辉坦途。我觉得，我在自己的心中仿佛瞥见了一个崇高而勇武的国家，好像一个强有力者那样，正从其沉酣之中振身而起，风鬓凛然。我觉得，我仿佛瞥见它是一头苍鹰，正在振脱着它幼时的健翮，它那目不稍瞬的双眼因眈对中午的炎阳而被燃得火红，继而将它的久被欺诬的目光疾扫而下，俯瞰荡漾着天上光辉的清泉本身，而这时无数怯懦群居的小鸟，还有那些性喜昏暗时分的鸟类，却正在一片鼓噪，上下翻飞，对苍鹰的行径诧怪不已；而众鸟的这种恶毒的叽叽喳喳将预示着未来一年的派派系系。

作者简介 ◆

斯蒂文森

（1850～1894）

英国小说家、散文家。主要作品有小说《金银岛》、《绑架》、《卡特琳娜》、《化身博士》，散文《内河航行》、《驴背旅程》等。

至 乐

遇上天气晴和的暮色，无论闲倚旅店门前看看绮照落日，还是独立桥边，观观水草游鱼，都是人生一种难得的享受。只有这时，所谓赏心乐事这个词的充分意义你才能真正领会。这时你的筋骨肌肉是那么舒适轻松，浑身上下是那么爽洁健康，那么悠然自得，所以不论你坐立止息，都无所不宜，也不论你做什么，你都会做得踌躇满志，乐比帝王。

你会毫不拘束地跟任何人攀谈，不问贤愚，不分醉醒。那情形真仿佛这一番激烈跋涉早已将你身上的种种褊狭自尊都洗涤一空，剩下的唯有一颗好奇的心，它兴致勃勃、自由自在，正像你在儿童或科学家身上所见到的那样。你会将你个人的癖嗜完全抛到一边，而一心只注意发生在你面前的各种趣事，这些时而滑稽，好似一出闹剧；时而又庄肃，好似一篇古老的传奇故事。

或者夜深人静，你独自一人；或者风雨晦冥，你被困在炉边。这时不应忘记，彭斯在追忆他往日的欢乐时，就会将进行过"愉快思想"的时刻，列为其中之一。这个短语对一个四面八方被钟表困得死死，甚至连在夜间也要被那带夜光的钟表闹得不安的现代人来说，不解其意倒也不足为奇。

春天的遐想

　　我们今天实在是人人忙得过度，我们手中有那么多辽阔的计划正待实现，有那么多空中楼阁需要在沙上建立起来，以便使之成为适合人居住的巍峨建筑，因此我们确实找不出时间到那思想之国或虚荣之山去做一次神游。当我们真不得不在炉边一坐半夜，终宵无事时，那可真是环境大变。而当我们除了能将这种时光过得惬意，并无不适之外，甚至能"愉快思想"，那对我们大家来说更将是世界大变。

　　我们总是这样一刻不休地忙于办事，忙于写作，忙于筹集器械装备，忙于使我们自己的声音在那永劫的饱含讥讪的空寂之中响一两声。结果我们往往忘记了一件更为重要的事——也就是说，忘记了生活本身。而比起这个，上述种种都不过是皮相而已。我们或溺于酒色，或流于享乐。海角天涯，到处奔波，仿佛一只只丧家之犬。但现在你却应当好好问问自己，在这一切烦扰之后，你是否觉得，假如你原来就能安守炉边"愉快思想"，岂不比你目前的情形要强许多？

　　一个人如果能经常安下心来，静思一番——即使忆起美色，也能爱而不淫；见到功名，也能羡而不妒。时时处处都能以一副体谅同情的襟怀面对，而同时又能乐于所遇、安于现状——如果能做到这点，那岂不是真的参透德行睿智，永臻于幸福之境吗？比如沿街游行，那深得其乐的人往往并非是威仪赫赫、持旗前导的人，却是那闲倚虚晃、隔窗一眺的人。

夜宿松林

　　在布列马德吃过晚饭，我不顾天色已晚，开始攀登洛泽尔峰。一条时隐时现的石子路指引我向前。途中，我遇到四五辆来自山上松林的牛车，每辆车上都载着一整棵冬天御寒用的松树。松林长在坡势平缓、凉风飕飕的山脊。我登上松林最高处，沿林间小径左行片刻，便来到一个芳草萋萋的幽谷，溪水潺潺流过石堆，漾起一股碧波，"在这未曾有仙女光临、牛羊徜徉的清幽圣洁之境，"这些松树并不显得古朴苍劲。然其葱郁茂密的枝叶，却遮蔽了林间空地。欲见林外天地，只有北眺远处的山巅，仰望浩渺的苍穹，于此过夜，既安全，又似居家独处，不受打扰。我安顿好住处，喂罢莫代斯丁（一头驴子），暮色已经笼罩了山谷。我用皮带缚住双膝，钻入睡袋，饱餐一顿。太阳刚落山，我便摘下帽子，遮住双眼，沉沉睡去。

室内的夜晚何等单调乏闷，而在含芳凝露、繁星满天的旷野，黑夜轻盈地流逝，大自然的面貌时时都在变化。寓居室内者，在四壁包围的帏帐中憋闷至极，觉得夜似乎是短暂的死亡，露宿野外者，则弛然而卧，进入轻松恬适、充满生机的梦境。他能彻夜听见大自然深沉酣畅的呼吸。大自然即便在休憩之际，也会回首绽开笑靥。更有那家居者未曾经历的忙碌的时刻，大地从睡梦中苏醒，所有的生灵都直起身。雄鸡最先啼鸣，不是为了报晓，而是像一个快活的更夫，催促黑夜离去。牧场上的牛群闻声醒来，羊儿在露珠晶莹的山坡上吃完早餐，迁入掩映在蕨类植物丛中的新居。与禽鸟共眠的流浪汉，睁开惺忪的睡眼，恣情饱览这美丽的夜色。

这些眠者同时醒来，是应了某种无声的召唤，还是由于大自然轻柔的抚摸？是星星向大地施展了法术，还是由于分享了大地母亲体内蕴蓄的激情？牧羊人和年迈的庄稼汉，在这一知识领域虽堪称博学，也无法猜出上天催醒万物生灵的目的。只是声称，这样的时刻在两点以前到来。他们不明白，也不想弄明白。不过，这实在是一件赏心乐事。因为我们只是在梦境里稍受搅扰，诚如那位阔绰气派的蒙田所言："如此，我们反而更能充分领略睡眠的美妙滋味。"尤其是想起我们已和近处生灵息息相通，远遁喧嚣的尘世，此刻只是听任上天驱策的一只温驯的羔羊，心里便贮满快慰。

　　我于此刻醒来时，觉得口干舌燥，便一气饮干身边的半罐水，沁人心脾的凉意使我神清气爽。我坐起身，点燃一根烟。头顶上的星斗熠熠生辉，宛如一颗颗璀璨的宝石镶嵌在天幕上，却又没有那种傲睨人世的高贵气质。浩瀚的银河，浮着一匹云烟氤氲的白练；在我周围，黑黝黝的冷杉树梢笔直挺立，纹丝不动。就着白色的驴鞍，我看见拴着绳子的莫代斯丁一圈圈地踱步，听到它缓缓嚼草的声音，除此之外，耳边仅闻石上清溪隐隐传来的流淙，似在喁喁倾吐一种无法盲付的情愫。我懒洋洋地躺在床上，一边吸烟；一边观赏这清虚深邃的夜空阶色彩，从松林上方微微泛红的暗灰，直到映衬着颗颗星星的深蓝。我平时戴着一枚银戒指，仿佛是为了使自己外形气质更接近商贩。此刻，随着夹在指间的香烟上下抖动，只见戒指周围闪着一圈朦胧的光晕。每吸一口烟，烟火与银光相映生辉，照亮掌心。一时间，它在黑暗笼罩的景物中显得格外耀眼醒目。

　　阵阵清风不时掠过林间空地，与其说是风，毋宁说是荡涤心胸的爽冽气息。我在这宽敞的住处，能整晚享用这源源不绝的清氛。我不无悚悸地想起沙斯拉代的旅馆和人头攒簇的夜总会：想起那些夜游在外，无所顾忌的牧师和学生；想起热浪蒸腾的戏院和空气污浊的旅馆。我难得享受如此恬静旷达、超然于物欲之外的心境。我们从野外弯腰钻入狭小居室，而屋外世界似乎本来就是一个温馨舒适的栖身之地。每天晚上，在这上天安排的露营地，都有一张铺好的床榻迎候你就寝。我自觉已重新发现了一个虽为村夫莽汉悟及但仍为政治经济学家懵懂不明的真理，或者至少说我已为自己觅得一种新的乐趣。我陶醉在独处的乐趣中，却又生出一种前所未有的缺憾：但愿在这灿烂的星光下，能有一位伴侣躺在身边，寂无声息，一动不动，就躺在伸手可及之处。世上有一种情谊，比起幽居独处，更能保持心神的宁静。倘能正确领会，便可升华孤淡的心境，使之臻于完美。和一位自己挚爱的女子同宿于露天，实乃最纯真、最自由的生活。

我这样躺着，心中交织着满足与憧憬。这时，一个声音隐隐约约地飘忽而至，我起初以为是远处农场传来的鸡鸣犬吠，可它不绝于耳，逐渐变得清晰可闻，原来是一位过路客沿着谷底小径边走边唱。他的歌算不得优雅动听，却融入了美好的心声。他亮开嗓门，歌声在山坡上飘荡，震得林中的茂密枝叶飒飒作响。我曾在夜间沉睡的城市里听见行人走过身边，有的边行边唱，记得还有一位大声吹奏管风琴；我也曾听见街上骤然响起辘辘的车声，打破了持续数小时的静谧。当时我醒在床上，车声久久萦绕于耳际。但凡夜游客，无不具有一种浪漫的气质，令我们饶有兴致地猜测他们的行止。眼下，歌者听者同时浸润于浪漫的氛围。一方面，这位夜行客酒意醺然，引吭高歌；另一方面，我躺在睡袋里，在这五六千英尺见方的松林，独自吸着烟斗，仰望星空。

再次醒来时，天上的星星已多消失，唯有坚定护卫黑夜的几颗依然闪烁。远望东方地平线上现出一抹淡淡的晨曦，就像我夜间醒来时看到的银河。白昼将至，我点燃灯，就着微弱的光芒，套上皮靴，系好绑腿，掰碎面包喂了莫代斯丁，水壶灌满溪水，点上酒精灯，煮了些巧克力。黑暗长时间地笼罩着我香甜入梦的林间空地。然而顷刻间，维瓦赖峰顶上空一大片橙色镀上了粼粼金辉。看着妩媚可爱的白昼翩然而至，我心头涌动着庄严与欣喜的思绪。我兴致勃勃地谛听汩汩水声，纵目环顾四周，指望有什么美丽的景物突然出现在眼前。可是没有。纹丝不动的黑松，宽敞的林中空地，嚼草的驴，一切仍是原样。只有光由晦转明，给万物注入了生机，注入了和畅的气息，也使我感到一种从未有过的欢畅。

我喝下味虽寡淡，但却温热适口的巧克力汁，在林中来回踱步。就在信步闲逛的时候，一阵劲风呼啸而至，恰似早晨大自然的一声长叹。风过之处，附近的树垂下黑色的枝叶，我看见远处崖畔稀稀立着几株松树，树梢沐浴着金色的朝晕，随风起伏荡漾。十分钟后，阳光迅速洒满山坡，驱散斑驳的阴影。天色大亮了。

春天的遐想

　　我连忙收拾行装，准备攀登矗立在眼前的险峰。可脑中冒出的一个念头却令我踌躇难行。其实它不过是个幻觉，可幻觉有时也会萦心系怀，难以摆脱。我依稀觉得，我在绿野仙境受到慷慨及时的款待。空气鲜澄，溪水清冽，黎明召唤我驻足片刻，欣赏美景，且不说斑斓绚丽的夜空，秀色可餐的幽谷。受到如此盛情的款待，我觉得自己欠下了谁的一笔人情债。于是，我一边走，一边喜滋滋地，同时又有些忍俊不禁地往路边草地上抛撒钱币，直至留足住宿费。我相信这笔钱绝不至于落到哪个家境富裕、脾气乖戾的牲口贩子手里。

作者简介 ◆

查尔斯·兰姆

（1775～1834）

英国浪漫主义散文家。作品有《伊利亚随笔集》、《伊利亚随笔续集》、《莎士比亚戏剧故事集》（与其姐姐合著），诗剧《约翰·伍德维尔》，诗集《昙花一现的婴儿》，评论《论莎士比亚的悲剧》等。

古　瓷

　　我对古瓷几乎具有一种女性般的偏爱。每逢进入豪门巨室，我总是要首先索看它的瓷橱，然后才去观察它的画室。为什么会是这样先此后彼，我讲不出，但是我们身上的某种癖嗜爱好却往往不是来自一朝一夕，这样年长日久，我们自己便也追忆不起某种癖好是何时养成。我至今仍能记起我所观看过的第一出戏和第一次画展；但是至于瓷瓶与瓷碟是何时唤起我的美好想象，我已经无从追忆。

　　我自过去——更遑论现在？——便对那些小巧玲珑、无章可循但面敷天青色泽的奇形异状的什物，那些上有男女人物、凌空飘浮，全然不受任何自然的限制而且也全然不解透视学为何物的东西——例如一件细瓷杯盏，我从来便对此不无酷爱。

　　我喜爱看到我的那些老友——按在这里距离并不曾使他们变小——飘逸于半空之中（至少对我们的视觉来说是如此）而同时却又仿佛是脚踏实地——因为我们对此必须善为解释，才说得通为什么那里凭空出现一抹深蓝；我们体会，那位谨严的画师为了在这里不留漏洞，故让那片颜色飞升在他们的脚下。

　　我喜爱见到这里的男人具有女性般的面容，我甚至愿意这里的女子带有更多的女性的表情。

春天的遐想

21

这里便是一幅仕女图，一位年青恭谨的官吏正托着杯盏向一贵妇献茶——而两人站得有二里地远！请注意这里距离即暗寓礼貌！而此处这同一位妇人，也或许另一位——按在茶具上容貌往往是颇有雷同的——正在款移莲步，欲踏入一只画舫，画舫即停泊在这座寂静园中溪流的岸旁，而照她举步的正确角度推测（依照我们西方的角度原理），必然只能使她进入到一片鲜花烂漫的草地中去——进入到这条怪河对岸的老远以外。

再向远处些——如果在这个世界当中尚有远近距离可言——我们还可以见到马匹、树木、高塔等物，以及舞蹈着的人们。

另外在这里还可以看到牛与兔昂首蹲踞，而且广延相同——可能在那古老天国的清明的眼光当中，事物便应是这等画法。

昨天傍晚，一杯茶在手（这里附带一句，我们喝茶仍是那老式饮法，不加糖奶），我还对我们最近新购得的一套非常古老的烧青茶具上的种种 speciosa miracula 同我的姐姐品评了一番，因为这些杯盏我们还是第一次拿出来享用；这时我不免说道，近些年我们的家境确实颇有好转，所以我们才有可能摩挲一下这类玩物——听了这话，我的这位好友不禁翠黛微颦，悄然凝思起来。我立刻窥见一团乌云正迅速掠过她的眉头。

"我真盼望过去那好时光能再回来"，她愀然道，"那时我们还不太富。当然我不是说我愿意穷；但事情总有一个中间阶段"——如今话头一开，她便滔滔不绝地讲了下去，——"在那种情形下，我们一向还是要比现在愉快得多。今天因为钱已经多得花不完了，添置点什么往往显得非常平淡，但要在过去，那简直是件了不得的大喜事。那时如果我们看上了一件平常的奢侈品（真的那时候要想征得你的同意我得费多大事！），那么前两三天我们就认真讨论起来，权衡一下买与不买的好坏利弊，考虑一下能节省出多少钱来，以及这笔钱怎么省法，才能勉强凑够数目。像这样的买法才值得一买，因为这时我们掏出的每文钱的分量都在手里好好掂过。"

你还记得你的那身棕色外衣吗？那衣服早已穿到了让人笑话的程度，确实太破烂不堪了，而这还不是因为布芒与弗莱契的那本集子吗？——那个你一天晚上从柯文花园巴克书店拖回家来的对开本？你记得我们对那本东西不是早已垂涎很久，这才准备购买，而且一直到那个星期六的晚间十点才算下了最后决心，接着你便从伊斯灵顿出发，一心还只怕晚了——接着是那个书商怨气十足地把店门打开，然后凭着微弱的烛光（那蜡烛放得靠床）从那尘封很厚的旧书当中照见了这个宝物——接着是你把它拖了回来，真是再重也在所不辞——接着是你把书向我捧上——接着是我们共同翻阅披览，并深感这书之佳（你指的它的校勘）——接着又是我动手粘贴书的散页，而你更是急不可待，非得连夜赶完不可——可见贫穷人家不也是乐在其中吗？再比如，你今天身上穿的这套笔挺黑色服装，尽管你自有钱和讲究起来以后经常勤加拂拭，试问它能使你感到比过去更加得意吗？而你过去穿着那身破烂外衣——那个旧卡薄时不也是摇来摆去非常神气吗？而且一穿便要一个多月，以便安慰一下自己的良心，因为你在那本古书上面曾经花费了十五个先令——记得是十六个先令吧？——这样一笔巨款——这在当年确实是件了不得的大事。今天在图书上你是什么也购置得起，但是我却反而没有再见你购回什么古本秘籍、佳椠名钞。

有一次，你在外面买了一幀里昂那朵的摹本，那个我们管它叫"布朗琪妇人"的画，其实所花的钱比前面的那次更加有限，但是，为了这个，你跑回家来还是连连道歉不已；你一边看着所买的画，一边心疼着所花的钱——一边心疼，又一边看画——这时一介贫士不也是乐在其中吗？而今天，你只须到柯尔耐依跑上一趟，便不愁把成堆的里昂那朵购买回来。但是你是否还方便——？

再有，你还记得我们为了欢度假日到恩菲尔德、波特斯巴或惠尔赞姆等地的那些愉快的远足吗？但是今天我们阔了起来，什么假日以及种种欢乐却是一去不复返了——你还记得我过去经常用来储放我们一日粮（一点可口的冷羊肉和色拉）的小手提篮——而中午一到，你总是要四下张望，以便找寻个体面的地方进去就餐，然后便是摆出我们那点存货——至于其他费用，则只付啤酒一项，这是你必须叫的——其次便是要研究女店主的脸色，看看是否也能从她那里享用一块台布——而且盼望能不断遇上这类女店主，就像艾萨克·华尔顿描写他平日去里亚河畔钓鱼时所经常遇到的那些——当然一般她们也都非常殷勤客气，但也有时候她们对我们面带愠色——但是我们还是面带笑容，兴致不减，把我们一点简陋东西吃得津津有味，这时即使皮斯卡图的鲟鱼旅店似乎也不值深羡。但是今天，每逢我们再外出作一日之游时（其实这种时候现在反而少了）却成了出必有车，用饭必进上等旅店，而叫菜又必名贵馔肴，至于所费则在所不计——但是尽管如此，那风味却远不如一些农村的小吃，却远不如那不知会遭到何种摆布或何种接待的时候。

再说听戏。今天如果再去观剧，那便非坐到正厅，后排面子拉不下来。但是你还记得我们过去坐的是哪种座位吗？——不论是去看《海克汗之役》、《喀莱城之降》，还是《林中的孩子》中的班尼斯特先生或布兰德夫人——那时我们是怎样掏空口袋才能在演出季节去一先令的顶楼楼座一起看上三四次戏——这时你的心中还可能一直在抱歉竟把我带进这路座位，而我自己也正为这点而对你加倍感激——甚至正为我们的座位微欠体面而看戏的兴致更浓——更何况一到幕启之后，哪里还顾得上计较我们在剧院中处于何等地位或坐的地方如何？我们的神魂早已伴随着罗瑟琳而飞到了亚登森林或紧跟着薇奥拉而趋入了伊利瑞亚宫。过去你常好讲，顶楼楼座是和观众一道看戏的最好地方——而兴味的浓烈程度又与不能常来成反比例——再有，那顶楼的观众尽是一些没读过剧本的人，因而听起戏来不能不格外聚精会神；事实上，他们对台上的一言一动都不敢轻易放过，唯恐漏掉只言片语而追踪不上剧情发展。的确，当时每当我们想到这些，也就感到一切释然——不过现在我倒想要问你，就拿一个女人来说，当年我虽不像今天这样在剧院中坐着昂贵的席位，难道那时我所受到的对待就差许多吗？的确，进门与上那些蹩脚的楼梯是件极不痛快的事——但是一般来说人们对妇女还是懂得遵守礼貌，并不比在其他处差——而当这点细小的困难克服之后，不是座位显得更加舒适，戏也看得更加惬意吗？但是今天我们只需付出了钱便能自由进入。你说过，我们今天已经不能在楼座来看戏了。我敢肯定我们当年在那里也完全能够观看得相当清楚——但是那美好的情景，以及其他种种，却已随着贫穷而一去不复返了。

在草莓还没有大量上市之前吃点草莓——在豌豆还比较贵时吃盘豌豆——这样稍稍尝点新鲜，受用一下，自然是件乐事。但是现在我们还有什么乐事可享？如果我们今天还要追求享受——也就是说，如果我们硬要不顾经济条件，过多贪图口福，那就未免太不成话。我们所以说是"受用"，正为这点口腹之养稍稍高过一般——比如我们两人在生活当中，偶尔例外地优越一下，而说来这也是两人的共同意思；但是两个人却总是要争着抱歉，仿佛这点都是由于他一人所引起。但我以为，人们如果稍稍这么"看重"他们自己一点，原也算不得什么不是，这会使他们懂得如何也去看重他人。但是现在我们却无法再这么看重自己——如果我仍就这个意义来使用这个词。能够这样做的唯有穷人。当然我不是指那一贫如洗的人，而是指像我们过去那样，也就是稍稍高于赤贫的人。

我完全记得你平时最爱说的一句话就是，年终收支相抵，天大愉快——所以过去每逢除夕夜晚，我们为了弄清亏空总是忙个不停。你板着脸孔在查点账目，竭力弄清我们所以花费那么大或没有花费那么大的原因——甚至下一年开支便可望有所减少——但是尽管这样，我们还是发现，我们的那点可怜家当却在逐年枯竭——于是我们便在绞尽脑汁、费煞筹措、频频许愿、商量明年减缩这项、节约那项，另外靠着青春的希望与欢欣的精神（在这点上你过去一向还真不错）的支持等等这一切之后，终于合上账簿，甘认损失。临了，欣然以所谓的"几杯浓酒"（这是从你所称之为快活的柯登那里引用的话）迎入这"新到的客人"。但是现在到了年底，我们却再没有了这类计算——另外也失去了来年的一切又将如何如何的种种可喜盼头。

　　布里吉特平时一般本是不多言语的，因而遇到她忽然滔滔不绝、慷慨激昂起来，我倒要当心别把她轻易打断。但是我对她这种忽而心血来潮便把一位穷醋大的一点有限进项——无非每年百镑之谱——夸大成为神奇般的巨富，实在不免感到好笑。"不错，我们当年贫穷时也许更为快乐，但是不应忘记，姐姐，那时我们也更为年青。在我看来，这点盈余我们也不应视作累赘，因为即使我们把它倒进海里，对我们来说仍将于事无补。我们在过去的共同生涯中颇曾经历过一番奋斗，这点，确实值得我们深为庆幸。这增强和加深了我们之间的共同情谊。假若我们当年便有了今天你所埋怨的这点积蓄，我们在彼此的对待上也就会更好得多。奋发图强——那种蓬勃健旺、任何艰难逆境也摧折不了的青春活力——这在我们的身上久已成为过去。要知道，老而富裕即是重获青春；当然这种"青春"是极有限的，但是我们也只能以此为满足。今天我们如果外出，便不能不是乘车，而过去我们便完全可以徒步：另外还要过得更优越些和睡得更舒泰些，而这样做也是很必要的，而这些在你所说的那种黄金时代便完全无力达到。反过来说，即使时光倒流、韶华可再——即使你和我能够一天再步行上过去的那三十多里——即使那班尼斯特先生与布兰德夫人能够再返青春，而你和我也能够再去观看他们的戏——即使那一先令楼座的美好时光能够重回——姐姐啊，这些不早已是一场梦幻了吗？——但即使是你我两人此时此际不是安憩在这个舒适的沙发之上与铺设华丽的炉火之侧，从容不迫地进行着这场辩论——而是争扎在那些十分拥挤的楼梯中间，正被一大帮拼命争座的粗鲁的楼座人群推推搡搡，挤得个东倒西歪——即使我仍能听到你那焦躁的尖声喊叫——即使楼梯顶端的最后一磴终于被我们夺得，于是整个辉煌敞阔的剧院大厅登时綮然脚下，因而爆发出"谢天谢地，我们总算得救了"——即使是这一切，我仍将发愁何处去购得一副其长无比的穿地测锤，以便觅得个万丈深渊，好把比克里萨斯乃至当今的第一巨富犹太人——所拥有的（或据称拥有的）更多得多的财富全部都埋藏进去。所以现在这一切何不暂搁一边，且来欣赏一下这个——你看，那小巧玲珑的侍女的手中不是正轩轩高擎着一张床帷般大的巨伞，给那蓝色凉亭下一位表情呆痴的圣母娘娘般的美人遮阴凉吗？"

读书漫谈

把心思用在读书上，不过是想从别人绞尽脑汁、苦思冥想的结果中找点乐趣。其实，我想，一个有本领、有教养的人，灵机一动，自有奇思妙想联翩而来，这也就尽够他自己受用的了。

——《旧病复发》中福平顿爵士的台词

我认识的一位生性伶俐的朋友，听了爵爷这段出色的俏皮话，在敬佩之余，完全放弃了读书；从此他遇事独出心裁，比往日大有长进。我呢，冒着这方面丢面子的危险，却只好老实承认：我把相当一大部分时间用来读书了。我的生活，可以说是在与别人思想的神交中度过的。我情愿让人自己淹没在别人的思想之中。除了走路，我便读书，我不会坐在那里空想——自有书本替我去想。

在读书方面，我百无禁忌。高雅如夏夫茨伯利，低俗如《魏尔德传》，我都一视同仁。凡是我可以称之为"书"的，我都读。但有

春天的遐想

些东西，虽具有书的外表，我却不把它们当作书看。

在 bibla a—bilia（非书之书）这一类别里，我列入了《宫廷事例年表》、《礼拜规则》、袖珍笔记本、订成书本模样而背面印字的棋盘、科学论文、日历《法令大全》、休谟、吉本、洛伯森、毕谛、索姆·钱宁斯等人的著作，以及属于所谓"绅士必备藏书"的那些大部头，还有弗来维·约瑟夫斯（那位有学问的犹太人）的历史著作和巴莱的《道德哲学》。把这些东西除外，我差不多什么书都可以读。我庆幸自己命交好运，得以具有如此广泛而无所不包的兴趣。

老实说，每当我看到那些披着书籍外衣的东西高踞在书架之上，我就禁不住怒火中烧，因为这些假圣人篡夺了神龛，侵占了圣堂，却把合法的主人赶得无处存身。从书架上拿下来装订考究、书本模样的一大本，心想这准是一本叫人开心的"大戏考"，可是掀开它那"仿佛书页似的玩意儿"一瞧，却是叫人扫兴的《人口论》。想看看斯梯尔或是法夸尔，找到的却是亚当·斯密。有时候，我看见那些呆头呆脑的百科全书（有的叫"大英"，有的叫"京都"），分门别类，排列齐整，一律用俄罗斯皮或摩洛哥皮装订，然而，相比之下，我那一批对开本的老书却是临风瑟缩、衣不蔽体——我只要能有那些皮子的十分之一，就能把我那些书气气派派地打扮起来，让派拉塞尔萨斯焕然一新，让雷蒙德·拉莱能够在世人眼中恢复本来面目。每当我瞅见那些衣冠楚楚的欺世盗名之徒，我就恨不得要把它们身上那些非分的装裹统统扒下来，穿到我那些衣衫褴褛的旧书身上，让它们也好避避寒气。

对于一本书来说，结结实实、齐齐整整地装订起来，是必不可少的事情，豪华与否倒在其次。而且，装订之类即使可以不计工本，也不必对各类不加区别，统统加以精装。譬如说，我就不赞成对杂志合订本实行全精装——简装或半精装（用俄罗斯皮），也就足矣。而把一部莎士比亚或是一部弥尔顿（除非是第一版）打扮得花花绿绿，则是一种纨绔子弟习气。

而且，收藏这样的书，也不能给人带来什么不同凡响之感。说来也怪，由于这些作品本身如此脍炙人口，它们的外表如何并不能使书主感到高兴，也不能让他的占有欲得到什么额外的满足。我以为，汤姆逊的《四季》一书，样子以稍有破损、略带卷边儿为佳。对于一个真正爱读书的人来说，只要他没有因为爱洁成癖而把老交情抛在脑后，当他从"流通图书馆"借来一部旧的《汤姆·琼斯》或是《威克匪尔德牧师传》的时候，那污损的书页、残破的封皮以及书上（除了俄罗斯皮以外）的气味，该是多么富有吸引力呀！它们表明了成百上千读者的拇指曾经伴着喜悦的心情翻弄过这些书页，表明了这本书曾经给某个孤独的缝衣女工带来快乐。这位缝衣女工、女帽工或者女装裁缝，在干了长长的一天针线活之后，到了深夜，为了把自己的一肚子哀愁暂时浸入忘川之水，好不容易挤出个把钟头的睡眠时间，一个字一个字拼读出这本书里的迷人的故事。在这种情况之下，谁还去苛求这些书页是否干干净净、一尘不染呢？难道我们还会希望书的外表更为完美无缺吗？

　　从某些方面说，愈是好书，对于装订的要求就愈低。像菲尔丁、斯摩莱特、斯特恩以及这一类作家的书，似乎是版藏宇宙之内，不断重印，源源不绝。因此，我们对于它们个体的消灭也就毫不可惜，因为我们知道这些书的印本是绵绵不断的。然而，当某一本书既是善本，又是珍本，仅存的一本就代表某一类书，一旦这一孤本不存——

　　　　天上火种何处觅。
　　　　再使人间见光明？

　　例如，纽卡斯尔公爵夫人写的《纽卡斯尔公爵传》就是这么一本书。为把这颗文学明珠加以妥善保存，使用再贵重的宝盒、再坚固的铁箱都不算过分。

不仅这一类的珍本书，眼见得重版再印渺渺无期，就是菲力普·锡德尼、泰勒主教、作为散文家的弥尔顿以及傅莱这些作家，尽管他们的著作的印本已经流行各地，成为街谈巷议之资，然而由于这些作品本身始终未能（也永远不会）成为全民族喜闻乐见之文，雅俗共赏之书，因此，对于这些书的旧版，最好还是用结实、贵重的封套好好保存起来。我并无意搜求第一版的莎士比亚对开本。我倒宁愿要罗和汤森的通行本。这种版本没有注释，插画虽有但拙劣之极，仅足以起那么一点儿图解、说明原文的作用而已。然而，正因为如此，它们却远远胜过其他莎士比亚版本的豪华插图，原因是那些版画太不自量，竟然妄想与原文争个高下。在对于莎剧的感情上，我和我的同胞们心心相印，所以我最爱看的乃是那种万人传阅、众手捧读的版本。对于鲍门和弗来彻却恰恰相反——不是对开本，我就读不下去；八开本看着都觉得难受，因为我对它们缺乏感情。如果这两位作家像那位诗人那样受到万口传诵，我自然读读通行本也就心满意足，而不必仰仗旧版了。有人把《忧郁的剖析》一书加以翻印，真不知是何居心。难道有必要把那位了不起的怪老头的尸骨重新刨出来，裹上时髦的寿衣，摆出来示众，让现代人对他评头论足吗？莫非真有什么不识时务的书店老板想让伯尔顿变成家喻户晓的红人吗？马隆干的蠢事也不能比这个再糟糕了——他买通了斯特拉福教堂的职员，得到许可把莎翁的彩绘雕像刷成一色粉白；那雕像的原貌尽管粗糙，却甚逼真，就连面颊、眼睛、须眉、生平服装的颜色也都一一描画出来，虽不能说十全十美，总算把诗人身上这些细部给我们提供一个唯一可靠的见证。但是，这一切都被他们用一层白粉统统覆盖了。我发誓，如果我那时候恰好是沃里克郡的治安法官，我定要将那个注释家和那个教堂职员双双砸上木枷，把他们当作一对无事生非、亵渎圣物的歹徒加以治罪。

我眼前似乎看见他们正在现场作案——这两个自作聪明的盗墓罪犯。我有个感觉，直说出来，不知是否会被人认为怪诞？我国有些诗人的名字，在我们（至少在我）耳朵里听起来要比弥尔顿或莎士比亚更为亲切有味，那原因大概是后面这两位的名字在日常谈话中翻来覆去说得太多，有点俗滥了。我觉得最亲切的名字，提起来就口角生香的，乃是马洛、德雷顿、霍桑登的德拉蒙和考莱。

这在很大程度上决定于读书的时间和地点。譬如说，开饭前还有五六分钟，为了打发时间，谁还能耐心拿起一部《仙后》或者安德鲁斯主教的布道文来读呢？

开卷读弥尔顿的诗歌之前，最好能有人为你演奏一曲庄严的宗教乐章。不过，弥尔顿自会带来他自己的音乐。对此，你要摒除杂念，洗耳恭听。

严冬之夜，与世隔绝，温文尔雅的莎士比亚不拘形迹地走进来了。在这种季节，自然要读《暴风雨》或者他自己讲的《冬天的故事》。

对这两位诗人的作品，当然忍不住要朗读——独自吟哦或者（凑巧的话）读给某一知己均可。听者超过二人——就成了开朗诵会了。

为了一时一事而赶写出来、只能使人维持短暂兴趣的书，很快地浏览一下即可，不宜朗读。时新小说，即便是佳作，每听有人朗读，我总觉讨厌之极。

朗读报纸尤其要命。在某些银行的写字间里，有这么种规矩：为了节省每个人的时间，常由某位职员（同事当中最有学问的人）给大家念《泰晤士报》或者《纪事报》，将报纸内容全部高声宣读出来，以利公众。然而，渴着嗓子、抑扬顿挫地朗诵的结果，却是听者兴味索然。理发店或酒肆之中，每有一位先生站起身来，一字一句拼读一段新闻——此系重大发现，理应告知诸君，另外一位接踵而上，也念一番他的"选段"——整个报纸的内容，便如此这般，零敲碎打地透露给听众。不常读书的人读起东西速度就慢。如果不是靠着那种办法，他们当中恐怕难得有人能够读完一整张报纸。

报纸能引起人的好奇心。可是，当人读完一张报纸，把它放下来，也总有那么一种惘然若失之感。

　　在南都饭店，我见过一位身穿黑礼服的先生，拿起报纸，一看半天！我最讨厌茶房不住地吆喝："《纪事报》来啦，先生！"

　　晚上住进旅馆，晚餐也定好了，碰巧在临窗的座位上发现两三本过期的《城乡杂志》（不知在从前什么时候，哪位粗心的客人忘在那里的），其中登着关于密约私会的滑稽画面，《高贵的情夫与格夫人》、《多情的柏拉图主义者和老风流在一起》，这都说不清是哪辈子的桃色新闻了。此时此地，还能有什么读物比这个更叫人开心呢？难道你愿意换上一本正儿八经的好书吗？

　　可怜的托宾最近眼睛瞎了，不能再看《失乐园》、《考玛斯》这一类比较严肃的书籍了，他倒不觉得多么遗憾——这些书，他可以让别人念给他听。他感到遗憾的乃是失去了那种一目十行飞快地看杂志和看轻松小册子的乐趣。

　　我敢在这某个大教堂的林荫道上，一个人读《老实人》，被人当场抓住，我也不怕。可是，有一回，我正自心旷神怡地躺在樱草地上读书，一位熟识的小姐走过来（那儿本是她芳踪常往之地），一瞧，我读的却是《帕美拉》。

　　——我记得，这是最出其不意的一次荒唐遭遇了。要说呢，一个男子被人发现读这么一本书，也并没有什么叫人不好意思的地方；然而，当她坐下来，似乎下决心要跟我并肩共读时，我却巴不得能够换上一本别的什么书才好。我们一块儿客客气气读了一两页，她觉得这位作家不怎么对她的口味，站起身来走开了。爱刨根问底的朋友，请你去猜一猜：在这种微妙的处境中，脸上出现红晕的究竟是那位仙女，还是这位牧童呢？

　　——反正两人当中有一个人脸红，而从我这里你休想打听到这个秘密。我不能算是一个户外读书的热心支持者，因为我在户外精神无法集中，我认识一位唯一神教派的牧师——他常在上午十点到十一点之间，在斯诺山上（那时候还没有斯金纳大街）一边走路，一边攻读拉德纳的一卷大著。我对他那种远避尘俗、孑然独行的风度常常赞叹，但我不得不承认，这种超然物外、凝神贯注的脾气与我无缘。因为，只要在无意之中瞥一眼从身旁走过的一个脚夫身上的绳结或者什么人的一只面包篮子，我就会把好不容易记住的神学知识忘到九霄云外，就连五大论点也都不知去向了。

还要说一说那些站在街头看书的人，我一想起他们就油然而生同情之心。这些穷哥儿们无钱买书，也无钱租书，只得到书摊上偷一点儿知识——书摊老板眼神冷冰冰的，不住拿忌恨的眼光瞪着他们，看他们到底什么时候才肯把书放下。这些人战战兢兢，看一页算一页，时刻都在担心老板发出禁令，然而他们还是不肯放弃他们那求知的欲望，而要"在担惊受怕之中寻找一点乐趣"。马丁·伯就曾经采取这种办法，天天去书摊一点一点地看，看完了两大本《克拉丽萨》（这是他小时候的事）。突然，书摊老板走过来，打断了他这番值得赞美的雄心壮志，问他到底打算不打算买这部书。马丁后来承认，在他一生中，读任何书也没有享受到像他在书摊上惶惶不安看书时所得到的乐趣的一半。当代一位古怪的女诗人，根据这个题材，写了两段诗，非常感人而又质朴。诗曰：

　　我看见一个男孩站在书摊旁，眼含渴望，打开一本书在看，他读着、读着，像要把书一口吞下，这情景却被书摊的老板瞧见——他立刻向那男孩喝道："先生，你从来没买过一本书，那么一本书你也不要想看！"那孩子慢慢吞吞地走开，发出长叹：他真后悔不如压根儿不会念书，那么，那个老混蛋的书也就跟自己毫不相干。

　　穷人家有许许多多的辛酸——

　　对这些，有钱人根本不必操心。我很快又看见另外一个男孩，他脸色憔悴，似乎一整天饮食未进。他站在一个酒馆门前，望着食橱里的肉块出神。这孩子，我想，日子真不好过，饥肠辘辘，渴望饱餐，却身无分文；无怪他恨不得不懂什么叫做吃饭，那样他就无须对着美味的大菜望洋兴叹。

梦中的孩子

　　孩子们总是爱听关于他们长辈的故事的：他们总是极力驰骋他们的想象，以便对某个传说般的老舅爷或老祖母多少得点印象，而这些人他们是从来不曾见过的。正是由于这个缘故，前几天的一个夜晚，我那几个小东西便都跑到了我的身边，要听他们曾祖母费尔得的故事。这位曾祖母的住地为脑福克的一家巨室（那里比他们爸爸的住处要大上百倍），而那里曾是——至少据当地的传闻是如此——他们最近从《林中的孩子》歌谣里听说到的那个悲惨故事的发生地点。其实，关于那些儿童及其残酷的叔叔的一段传说，甚至一直到后面欧鸲衔草的全部故事，在那座大厅的壁炉面上原就有过精美的木雕，只是后来一个愚蠢的富人才把它拆了下来，另换了一块现代式的大理石面，因而上面便不再有那故事了。听到这里，阿丽丝不觉微含嗔容，完全是她妈妈一副神气，只是温柔有余，愠怒不足。接着我又继续讲道，他们那曾祖母费尔得是一位多么虔敬而善良的人，是多么受着人们的敬重与爱戴，尽管她并不是（虽然在某些方面也不妨说就是）那座巨宅的女主人，而只是受了房主之托代为管理，而说起那房主，他已在附近另置房产，喜欢住在那更入时的新居里；但尽管这样，她住在那里却好像那房子便是她自己的一般，她在生前始终非常注意维持它的体面与观瞻，但到后来这座宅院就日渐倾圮，而且拆毁严重，房中一切古老摆式家具都被拆卸一空，运往房主的新宅，然后胡乱地堆在那里，那情形的刺目，正像有谁把惠斯敏斯大寺中的古墓盗出，生硬地安插到一位贵妇俗艳的客厅里去。听到这里，约翰不禁笑了，仿佛是在批评，"这实在是件蠢事"。接着我又讲道，她下世时葬礼是如何隆重，附近几里的一切穷人以及部分乡绅都曾前来吊唁，以示哀悼，因为这位老人素来便以善良和虔敬闻名；这点的一个证明便是全部赞美诗她都能熟记成诵，另外还能背得新约的大部。听到这里，阿丽丝不觉伸出手来，表示叹服。然后我又说道，他们的曾祖母当年是怎样一个个子高高模样挺好的美人：年青时候是最会跳舞的人——这时阿丽丝的右脚不自觉地舞动起来，但是看到我的神情严肃，便又止住——是的，她一直是全郡之中最会跳舞的人，可是后来得了一种叫做癌症的重病，使她受尽痛苦，跳不成了；但是疾病并没有摧折她的精神，或使她萎靡不振，她依旧心气健旺，这主要因为她虔诚善良。接着我又讲道，她晚上是如何一个人单独睡在那座空荡宅院的一间孤单房间里；以及她又如何仿佛瞥见那两个婴孩的鬼魂半夜时候在靠近她床榻的楼梯地方滑上滑下，但是她却心中坚信，那天真的幽灵不会加害于她；而我自己童稚的时候却是多么害怕呢，虽然那时我身边还有女佣人和我同睡，这主要因为我没有她那么虔诚善良——不过我倒没有见着那婴儿们的鬼魂。听到这里，约翰马上睁大眼睛，露出一剐英勇气概。接着我又讲道，她对她的孙子孙女曾是多么关心爱护，每逢节日总是把我们接到那座巨宅去玩，而我在那里最好一个人独自玩上半天，常常目不转睛地凝注着那十二个古老的恺撒头像出神（那些罗马皇帝），最后那些古老的大理石像仿佛又都栩栩然活了一般，甚至连我自己也和他们一起化成了石像；另外我自己在那座庞大的邸宅之中是如何兴致勃勃，流连忘返，那里有许多高大空荡的房间，到处张挂着古旧的帘幕和飘动的绣帏，四壁都是橡木护板，只是板面的敷金已剥落殆尽——有时我也常常跑到那敞阔的古老花园里去游玩，那里几乎成了我一个人的天地，只是偶尔才遇上一名园丁从我面前蹭过——再有那里的油桃与蜜桃又是怎样嘉实累累地垂满墙头。但是我却连手都不伸一伸，因为它们一般乃是禁果，除非是偶一为之——另一方面也是因为我自己意不在此，我的乐趣是到那些容貌恬郁的古老水松或冷杉间去遨游，随处摭拾几枚绛红的浆果或枞果，而其实这些都是中看而不中吃的——不然便是全身仰卧在翠葱的草地上面，默默地吮吸着满园的清香——或者长时间曝浴在桔林里面，慢慢地在那暖人的温煦之下，我仿佛觉着自己也和那满林橙桔一道烂熟起来——或者便是到园中低处去观鱼，那是一种鲦鱼，在塘中倏往倏来，动作疾迅，不过时而也瞥见一条个子大大但性情执拗的狗鱼竟一动不动地悬浮在水面，仿佛其意在嘲笑那胡乱跳跃的轻浮举止，……总之，我对这类说闲也闲说忙又忙的消遣玩乐要比对蜜桃柑桔等那些只能吸引一般儿童的甜蜜东西的兴趣更浓厚得多。听到这里，约翰不禁把一串葡萄悄悄地又放回到盘子里去，而这串葡萄（并没有能瞒过阿丽丝的眼睛）他原是准备同她分享的，但是，至少目前，他们两人都宁愿忍痛割舍。接着我又以一种更加高昂的语气讲道，虽然他们的曾祖母费尔得非常疼爱她的每个孙子，她却尤其疼爱他们的伯伯约翰·兰——因为他是一个非常俊美和非常精神的少年，而且是我们大家的共同领袖；当他还是个比我们大不许多的小东西时，他绝不像我们那样，常常绕着个荒凉的角落呆呆发愁，而是要骑马外出，特别能骑那些烈性的马，往往不消一个上午，早已跑遍大半个郡，而且每出必与猎户们相跟——不过他对这古邸与花园倒也同样喜爱，只是他的性情过于骛驰奔放，受不了那里的约束——另外待到伯伯长大成人之后，他又是怎样既极英俊又极勇武，结果不仅人人称羡，尤其深得那曾祖母的赞赏；加上他比我们又大了许多，所以我小时因为腿瘸不好走时，总是他背着我，而且一背就是几里——以及后来他自己又怎样也变成跛足，而有时（我担心）我对他的急躁情绪与痛苦程度却往往体谅不够，或者忘记过去我跛足时他对我曾是如何体贴；但是当他真的故去，虽然刚刚一霎工夫，在我已经恍如隔世，死生之间竟是这样判若霄壤；对于他的夭亡，起初我总以为早已不再置念，谁知这事却愈来愈萦回于我的胸臆；虽然我并没有像一些人那样为此而痛哭失声或久久不能去怀（真的，如果那次死的是我，他定然会是这样的），但是我对他确实是昼夜思念不已，而且只是到了这时我才真正了解我们之间的手足深情。我不仅怀念他对我的好处，我甚至怀念他对我的粗暴，我一心只盼他能再复活过来，能再和他争争吵吵（因为我们兄弟平时也难免阋墙），即使这样也总比他不在要好，但是现在没有了他，心里那种凄惶不安的情形正像当年你们那伯伯被医生截去了腿脚时那样。听到这里，孩子们不禁泫然泪下，于是问道，如此说来，那么日前他们身上的丧服便是为的这位伯伯，说罢，掩面叹息；祈求我别再叙说伯伯的遭遇，而给他们讲点关于他们那（已故的）美丽的妈妈的故事。于是我又向他们讲了，过去在悠悠七载的一段时光中——这期间真是忽而兴奋，忽而绝望，但却始终诚挚不渝——我曾如何向那美丽的阿丽丝·温——表示过殷勤；然后，按着一般儿童所能理解的程度，尽量把一位少女身上所独具的那种娇羞、迟疑与回绝等等，试着说给他们——说时，目光不觉扫了一下阿丽丝，而殊不料蓦然间那位原先的阿丽丝的芳魂竟透过这小阿丽丝的明眸而形容宛肖地毕现眼前，闪而一时简直说不清这伫立在眼前的形体竟是哪位，或者那一头的秀发竟是属于谁个；而正当我定睛审视时，那两个儿童已经从我的眼前慢慢逝去，而且愈退愈远，最后朦胧之中，只剩得两张哀愁的面孔而已；他们一言不发，但说也奇怪，却把要说的意思传给了我："我们并不属于阿丽丝，也不属于你，实际上我们并不是什么孩子。那阿丽丝的孩子是管巴尔图姆叫爸爸的。我们只是虚无；甚至不够虚无；我们只是梦幻。我们只是一种可能，或者将来在忘河的苦水边上修炼千年万年方能转个人形，取个名义。"——这时我蘧然而觉，发现自己仍然安稳地坐在我那单身汉的安乐椅上，而适才的种种不过是—梦，这时忠诚的布里吉特仍然厮守在我的身边——但是约翰·兰——（亦即詹姆斯·伊里亚）却已杳不可见了。

作者简介 ❖

弗兰西斯·培根

（1561～1626）

英国哲学家和科学家。主要著作有《谈青年和老年》、《谈婚嫁与单身》、《新西特兰提斯岛》等。

求知

求知可以作为消遣，可以作为装饰，也可以增长才干。

当孤独寂寞时，阅读可以消遣。当高谈阔论时，知识可供装饰。当处世行事时，知识能增进才干。有实际经验的人虽能够处理个别性的事务，但若要综观整体，运筹全局，却唯有掌握知识方能办到。

读书太慢会弛惰，为装潢而读书是自欺欺人，只按照书本办事是呆子。

求知可以改进人的天性，而经验又可以改进知识本身。人的天性犹如野生的花草，求知学习好比修剪移栽。学问虽能指引方向，但往往过于泛泛，还要靠经验来赋予形式。

狡诈者轻鄙学问，愚鲁者羡慕学问，聪明者则运用学问。知识本身并没有告诉人怎样运用它，运用的智慧乃在书本之外。这是技艺，不体验就学不到。

不可专为挑剔辩驳去读书，但也不可轻易相信书本。求知的目的不是为了吹嘘炫耀，而应该是为了寻找真理，启迪智慧。

书籍好比食品。有些只需浅尝，有些可以吞咽。只有少数需要仔细咀嚼，慢慢品味。所以，有的书只要读其中一部分，有的书只需知其中梗概，而对于少数好书，则要读通，细读，反复地读。

有的书可以请人代读，然后看他的笔记摘要就行了。但这只限于不太重要的议论和质量粗劣的书。否则一本书将像已被蒸馏过的水，变得淡而无味了！

读书使人充实，讨论使人机敏，写作则能使人精确。

因此，如果一个人懒于动笔，他的记忆力就必须强而可靠。

如果一个人要孤独探索，他的头脑必须锐利。如果有人不读书又想冒充博学多知，他就必须很狡黠，才能掩饰无知。

读史使人明智，读诗使人聪慧，演算使人精密，哲理使人深刻，道德使人高尚，逻辑修辞使人善辩。总之，知识能塑造人的性格。

论逆境

塞内加（模仿斯多葛派学者的口吻）曾经夸下海口："来自顺境的快乐令人羡慕，而来自逆境的快乐则令人钦佩。"当然，如果奇迹是对自然的征服，那么它们大多出自逆境。但是，塞内加还曾说过比上一句话口气更大的豪语（对一个异教徒而言，是够夸大其词的了）："真正的伟大，在于一个人身上兼备人的脆弱与神的安全。"这句话若用诸诗歌再妙不过，因为在诗歌中超凡脱俗之事屡见不鲜。诗人骚客的确也在这方面费墨不少、乐此不疲；因为在古代诗人不可思议的故事中，实际上这方面的描述还是比较醒目突出的，好像不无神秘色彩，甚至对基督教徒所处的状态似乎亦作了一番探讨——当赫拉克勒斯去解救普罗米修斯（他代表了人性）之际，他是坐在陶制的盆子或罐子里漂洋越海的——这个故事栩栩如生地刻画了基督徒的决心，要驾着血肉之躯做成的脆弱的一叶扁舟，穿越人世间的惊涛骇浪。但是假如不言过其实的话，顺境中的美德见于克制，逆境中的美德见于坚韧，在品行上后者更具英雄气概。《旧约全书》是对顺境的赐福，《新约全书》则是对逆境的赐福，后者得到的恩赐更多，更受上帝的眷顾垂爱。但是，即便在《旧约全书》中，如果侧耳倾听大卫的竖琴声，你听到的欢乐之歌与听到的送葬之曲，数目会不相上下；而圣灵描绘约伯的苦难比描绘所罗门的福气，更为浓墨重彩。顺境并非没有丝毫恐惧和烦恼，逆境也绝非没有些许慰藉和希望。我们可以发现，在刺绣中，黯淡的背景烘托下的亮丽活泼的图案，远比轻快的背景衬托下的黯淡忧郁的图案更为悦目，因此通过悦目这个例子去判断一下赏心这件事情吧。不言而喻，美德犹如珍贵的香料，焚烧或碾碎时最为芬芳扑鼻；因为顺境最能暴露罪恶，而逆境最能彰显美德。

谈读书

　　读书足以怡情，足以博彩，足以长才。其怡情也，最见于独处幽居之时；其博彩也，最见于高谈阔论之中；其长才也，最见于处世判事之际。练达之士虽能分别处理细事或一一判别枝节，然纵观统筹、全局策划，则非好学深思者莫属。读书费时过多易惰，文采藻饰太盛则矫，全凭条文断事乃学究故态。读书补天然之不足，经验又补读书之不足，盖天生才干犹如自然花草，读书然后知如何修剪移接；而书中所示，如不以经验范之，则又大而无当。有一技之长者鄙读书，无知者羡读书，唯明智之士用读书，然书并不以用处告人，用书之智不在书中，而在书外，全凭观察得之。

　　读书时不可存心诘难作者，不可尽信书上所言，亦不可只为寻章摘句，而应推敲细思。书有可浅尝者，有可吞食者，少数则须咀嚼消化。换言之，有只需读其部分者，有只需大体涉猎者，少数则须全读，读时须全神贯注，孜孜不倦。书亦可请人代读，取其所作摘要，但只限题材较次或价值不高者，否则书经提炼犹如水经蒸馏，味同嚼蜡矣。读书使人充实，讨论使人机智，作文使人准确。因此不常作文者须记忆特强，不常讨论者须天生聪颖，不常读书者须欺世有术，始能无知而显有知。

读史使人明智，读诗使人灵秀，数学使人周密，科学使人深刻，伦理学使人庄重，逻辑修辞之学使人善辩：凡有所学，皆成性格。人之才智但有滞碍，无不可读适当之书使之顺畅，一如身体百病，皆可借相宜之运动除之。滚球利腰肾，射箭利胸肺，漫步利肠胃，骑术利头脑，诸如此类。如智力不集中，可令读数学，盖演算须全神贯注，稍有分散即须重演；如不能辨异，可令读经院哲学，盖是辈皆吹毛求疵之人；如不善求同，不善以一物阐证另一物，可令读律师之案卷。如此头脑中凡有缺陷，皆有特药可医。

谈　美

德行犹如宝石，朴素最美：其于人也，则有德者但须形体悦目，不必面貌俊秀，与其貌美，不若气度恢宏。人不尽知：绝色无大德也；一如自然劳碌终日，但求无过，而无力制成上品。因而美男子有才而无壮志，重行而不重德。但亦不尽然。罗马大帝奥古斯都与泰特斯，法王腓力四世，英王爱德华四世，古雅点之亚西拜提斯，波斯之伊斯迈帝，皆有宏图壮志而又为当时最美之人也。美不在颜色艳丽而在面目端正，又不尽在面目端正而在举止文雅合度。美之极致，非图画所能表，乍见能所识。举凡最美之人，其部位比例，必有异于常人之处。阿尔贝与杜勒皆画家也，其画人像也，一则按照几何学之比例，一则集众脸型之长于一身。二者谁更不智，实难断言，窃以为此等画像除画家本人外，恐无人喜爱也。余不否认画像之美可以超越人寰，但此美必为神笔，而非可依规矩得之者，乐师之谱成明曲亦莫不皆然。人面如逐部细察，往往一无是处，观其整体则光彩夺目。美之要素既在于举止，则年长美过年少亦无足怪。古人云："万美之中秋为最。"年少而著美名，率由宽假，盖鉴其年事之少，而补其形体之不足也。美者犹如夏日蔬菜，易腐难存；要之，年少而美者常无形，年长而美者不免面有惭色。虽然，但须托体得人，则德行因美尔益彰，恶行见美而愈愧。

谈高位

　　居高位者乃三重之仆役：帝王或国家之臣，荣名之奴，事业之婢也。因此不论其人身、行动、时间，皆无自由可言。追逐权力，而失自由，有治人之权，而无律己之力，此种欲望诚可怪也。历尽艰难始登高位，含辛茹苦，唯得更大辛苦，有时事且卑劣，因此须做尽不光荣之事，方能达光荣之位。既登高位，立足难稳，稍一倾侧，即有倒地之虞，至少亦晦暗无光，言之可悲。古人云："既已非当年之盛，又何必贪生？"殊不知人居高位，欲退不能，能退之际亦不愿退，甚至年老多病，理应隐居，亦不甘寂寞，犹如老迈商人仍长倚店门独坐，徒令人笑其老不死而已。显达之士率需借助他人观感，方信自己幸福，而无切身之感，从人之所见，世之所羡，乃人云亦云，认为幸福，其实心中往往不以为然；盖权贵虽最不勇于认过，却最多愁善感也。凡人一经显贵，待己亦成陌路，因事务纠缠，对本人身心健康，亦无暇顾及矣，诚如古人所言："悲哉斯人之死也，举世皆知其为人，而独无自知之明！"

　　居高位，可以行善，亦便于作恶。作恶可咒，救之之道首在去作恶之心，次在除作恶之力；而行善之权，则为求高位者所应得，盖仅有善心，虽为上帝嘉许，而凡人视之，不过一场好梦耳，唯见之于行始有助于世，而行则非有权力高位不可，犹如作战必据险要也。

行动之目的在建功立业，休息之慰藉在自知功业有成。盖人既分享上帝所造之胜景，自亦应分享上帝所订之休息。《圣经》不云乎："上帝回顾其手创万物，无不美好"，于是而有安息日。

执行职权之初，宜将最好先例置诸座右，有无数箴言，可资借镜。稍后应以己为例，严加审查，是否已不如初。前任失败之例，亦不可忽，非为揭人之短，显己之能，以其可作前车之鉴也。因此凡有兴革，不宜大事夸耀，亦不可耻笑古人，但须反求诸己，不独循陈规，而且创先例也。凡事须追本溯源，以见由盛及衰之道。然施政定策，则古今皆须征询：古者何事最好，今者何事最宜。

施政须力求正规，俾众知所遵循，然不可过严过死；本人如有越轨，必须善为解释。本位之职权不可让，管辖之界限则不必问，应在不动声色中操实权，忌在大庭广众间争名分。下级之权，亦应维护，与其事事干预，不如遥控总领，更见尊荣。凡有就分内之事进言献策者，应予欢迎，并加鼓励；报告实况之人，不得视为好事，加以驱逐，而应善为接待。

掌权之弊有四，曰：拖，贪，暴，圆。

拖者拖延也，为免此弊，应开门纳客，接见及时，办案快速，非不得已不可数事混杂。

贪者贪污也，为除此弊，既要束住本人及仆从之手不接，亦须束住来客之手不送，为此不仅应廉洁自持，且须以廉洁示人，尤须明白弃绝贿行。罪行固须免，嫌疑更应防。性情不定之人有明显之改变，而无明显之原因，最易涉贪污之嫌。因此，意见与行动苟有更改，必须清楚说明，当众宣告，同时解释所以变化之理由，决不可暗中为之。如有仆从捻友为主人亲信，其受器重也别无正当理由，则世人往往疑为秘密贪污之捷径。

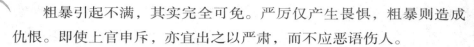

粗暴引起不满，其实完全可免。严厉仅产生畏惧，粗暴则造成仇恨。即使上官申斥，亦宜出之以严肃，而不应恶语伤人。

至于圆通，其害过于贿行，因贿行仅偶尔发生，如有求必应，看人行事，则积习难返矣。所罗门曾云："对权贵另眼看待实非善事，盖此等人能为一两米而作恶也。"

旨哉古人之言："一登高位，面目毕露。"或更见有德，或更显无行。罗马史家戴西特斯论罗马大帝盖巴曰："如未登基，则人皆以为明主也"；其论维斯帕西安则曰："成王霸之业而更有德，皇帝中无第二人矣。"以上一则指治国之才，一则指道德情操。尊荣而不易其操，反增其德，斯为忠诚仁厚之确征。夫尊荣者，道德之高位也：自然界中，万物不得其所，皆狂奔突撞，既达其位，则沉静自安；道德亦然，有志未酬则狂，当权问政则静。一切腾达，无不须循小梯盘旋而上。如朝有朋党，则在上升之际，不妨与一派结交；既登之后，则须稳立其中，不偏不倚。对于前任政绩，宜持论平允，多加体谅，否则，本人卸职后亦须清还欠债，无所逃也。如有同僚，应恭敬相处，宁可移樽就教，出人意料，不可人有所待，反而拒之。与人闲谈，或有客私访，不可过于矜持，或时刻不忘尊贵，宁可听人如是说："当其坐堂议政时，判若两人矣。"

作者简介 ◆

玛丽·安·兰姆

（1764～1847）

英国女作家。曾与其胞弟查尔斯·兰姆合著《莎士比亚故事集》以及《莱加斯特夫人的学校》。

我的水手舅舅

我爸爸是个乡村教堂的副牧师，教堂距阿姆维鲁有五英里左右。我生在紧挨着教堂墓地的橇师住宅里。我最早记得的事就是爸爸教我按照一块墓碑上的字母认字，这块墓碑就竖在我妈妈坟墓的上首。我常常去轻轻敲爸爸书房的门，我觉得我现在还听见他这样说："哪位呀？——你要干什么呀，小乖乖？""去看妈妈去，去认好看的字母去。"天天总要有好几次，爸爸把书和讲稿放在一边，带我到这地方来，让我指着认每一个字母，接着教我拼音念字。就这样，我用妈妈坟墓的墓志铭当启蒙读物和拼音课本，学着认起字来。

有一天我正坐在横跨教堂墓地篱墙的踏阶上，有位先生从那儿路过。那时候，我正清清楚楚拼我妈妈的名字，背完了字母，就好像干了件了不起的事似的，郑重其事地念出"伊丽莎白·威利尔斯"这个名字。我的声音被那位先生听见了，他是詹姆斯舅舅，我妈妈的兄弟，是个海军上尉。爸爸和妈妈结婚后不到几个星期，他就离开了英国。他在海上航行了好多年之后，现在又回到故乡，来探望妈妈。虽然妈妈死了已经有一年多了，舅舅却一直没听到她去世的消息。

舅舅看见我坐在踏阶上，又听见我念妈妈的名字，就紧盯着往我脸上看，他越看越觉得我像他姐姐，就料到我可能是他姐姐的孩子。当时我对自己的功课太专心了，顾不得注意他，照旧拼个不停。"你拼得这么好听，是谁教给你的呀，小姑娘？"舅舅问。"妈妈。"我解答道。因为我当时心中总影影绰绰地认为，墓碑上的字，就是妈妈的一部分，拼字就是妈妈教给我的。"那么妈妈是谁呀？"我舅舅问。"伊丽莎白·威利尔斯。"我答道。这一来，我舅舅就管我叫起亲爱的小外甥女儿来了，还说他要跟我一块儿到妈妈那儿去。他攥住了我的手，想要领我回家去。他认出了我是谁以后，真是开心极了，因为他想，他姐姐要是看见了自己的小女儿把这个多年不见的水手舅舅领回家来，准会又惊又喜！

我答应把他带到妈妈那儿去，可是应当往哪边走，我们俩却发生了争执。我舅舅硬要顺着直通到我们家的路走，我却指着教堂墓地，说那才是上妈妈那儿去的路。他虽然急不可待，不愿有片刻耽搁，但也不想在这一点上和刚认识的小外甥女争吵，因此他把我从踏阶上抱下来，计划领着我走另一条小道。他知道我们家庭院的头上有一个栅栏门，这条小道就直通那里。可是不行，那条路我也不肯走。我一边把他的手甩开，一边说："你不认识路——我来带你走。"于是我要多快就有多快地穿过大片的草地和蓟丛，跳过一块块凹下去的坟。他就跟在我这种他所谓固执任性的脚步后面，一边走一边说："我这个小外甥女儿是个多有主意的小东西啊！还没有生你的时候，我就知道上你妈妈家去的路啦，孩子。"后来我到底在妈妈的坟前站住了，手指着墓碑说："妈妈就在这儿。"口气中间，十分得意，仿佛是表示这回你可得信服我是最认得路的了吧。我往上看他的脸，本来是想看他认错的，可是，哎呀，我看到的那张脸是多么难过呀！我当时只有害怕的份儿了，所以随后发生的事都记不全了。只记得我拉着他的上衣叫道："先生，先生！"想叫他活动活动。我不晓得如何办好，脑子里乱糟糟的。我觉得我把这位先生带到妈妈这儿来，让他哭得这么伤心，这里面一定有什么地方我做得不对，但是到底是什么地方不对却又说不上来。这块墓地一直是个让我觉得快活的地方。在家里，爸爸常常烦我那絮絮聒聒的孩子话，把我从他身边打发走；可是在这儿，他却完全都由着我的性儿。在这儿，我想说什么就能说什么，想怎么嬉笑蹦跳就怎么嬉笑蹦跳。正像我们说的那样，我们每次去看望妈妈的时候，都是一团高兴、亲亲热热。爸爸常告诉我，妈妈睡在这里多么安静，他和他的小贝萃有朝一日也要睡在这个坟里，睡在妈妈的身边。到了睡觉的时候，我的小脑袋枕在枕头上，还总是想着要和爸爸妈妈一起躺在坟里。在我那孩子气的梦想里，我老想象我自己就在那儿，那是一个在地里面的地方，又光滑，又柔软，一片葱绿。我从来也没琢磨出妈妈到底是个什么样子，但一想到妈妈就联想到那墓碑，联想到爸爸，还有那平展展、绿茸茸的草和我那躺在爸爸胳膊弯儿里的小脑袋。

我不知道舅舅在坟旁这样伤心难过地待了多久，我觉得那仿佛是非常长的一段时间。后来，他到底把我抱在怀里，使劲搂住我，把我搂得都哭起来了，我跑到家里来到爸爸跟前，告诉他说，一位先生正朝着妈妈坟上那些好看的字哭呢。

爸爸和舅舅两人这回见面自然又有一番酸楚动人的光景，我记得我长了这么大还是头一回看见爸爸落泪；我记得我特别难过，坐立不安，所以跑到厨房去告诉我们的佣人苏珊，说爸爸正在哭呢。苏珊要我待在她那儿，免得我去打搅爸爸和舅舅谈话，可是我还是要回到起坐间里"可怜的爸爸"那儿去。我悄悄走了进去，慢慢蹭到爸爸的膝盖中间。舅舅朝着我伸出胳膊来要抱我，可我使性子转过身去躲开他，把爸爸抱得更紧，心里暗暗讨厌起舅舅来，因为他把爸爸惹哭了。

直到这时候，我才头一回懂得了，妈妈去世原来是一场大灾难。我听到爸爸说了那整个令人凄恻的经过：妈妈怎么样久病缠绵，怎样与世长辞，爸爸怎样因为失去妈妈而悲痛。我舅舅说，妈妈把爸爸撇下，还留下这么小的孩子，真叫人没法接受。可是爸爸说，小贝萃是他唯一的安慰，他还说，如果没有我，他早就该悲伤而死了。我怎么会成为爸爸的什么安慰呢？这真叫我吃惊。我只知道，他跟我玩，跟我说话儿，我都很高兴；可是我以为，那都只是因为他疼我、宠我，我可一点也不知道，他能快乐还有我的一份儿功劳。他说他悲痛难过，我听着又新鲜，又奇怪。我一点也没想到，他还会有不快活的时候。他说起话来，老是又高兴又和气的；以前我从来没有看见他哭过，也从来没有见他像我那样，稍不遂心就愁眉苦脸。我这些想法都是乱七八糟的、孩子气的，不过从那时候起，我就老是琢磨我妈妈死了这桩令人难过的事。

　　第二天，我又像往常那样走到书房门口，想叫爸爸和我一起到我们心爱的坟上去，可是心里又直嘀咕，不敢敲门。我在书房和厨房之间来回走了好多次，不知道应该怎么做。舅舅在过道里碰见了我，就问："贝萃，跟我到院子里去走走好不好？"我不去，因为那不对我的心思。我所想的，只是像从前那样高高兴兴地坐在坟那儿，和爸爸说话儿。舅舅变着法儿想把我说通，可是我一个劲儿地说"就不，就不"，然后就哭着跑到厨房里去了。他跟着我也进了厨房，苏珊说："这孩子今儿个这样爱耍脾气，我真不知道拿她怎么办好。""唉，"舅舅说，"我觉得这是我那可怜的姐夫把她惯坏了，因为就只有她这么一个嘛。"舅舅这样数落爸爸，可真让我有点动气。我始终没有忘记，就是这个我从前不认识的舅舅一来，不痛快的事也就跟着头一次跑到我们家里来了。我尖着嗓子直喊，爸爸听了不知是怎么回事，走了进来。他把舅舅送到起坐间里，说他要亲自来对付这个小矫情鬼。但是舅舅一走，我就不哭了，爸爸忘了教训我，也没追问我耍脾气的缘故，我们很快就坐在墓碑旁边了。那天没学什么功课，没谈什么漂亮的妈妈睡的绿色的坟里，没从墓碑上往下跳，也没开轻松的玩笑、讲好玩的故事。我坐在爸爸的膝盖上，仰头看着他的脸，心里想："爸爸脸上显得多难过呀！"后来，因为刚才哭得很累，现在又让这些想法压得很重，我就沉沉入睡了。

舅舅不久就从苏珊那儿知道了，这里是我和爸爸经常去的地方。她告诉舅舅说，她的主人要是继续这样教孩子从墓碑上认字，那她敢说，她主人一直不会从她女主人死后给他带来的悲痛中解脱出来；这样做虽然可以安抚一下他的悲痛，但同时也使悲痛在他的记忆里永远不能消失。舅舅刚看到姐姐的坟时，也曾悲痛欲绝，所以很容易地就和苏珊同样担起心来。舅舅想，假如用此外一种方式安排我学习，我们就不会再有什么借口老到坟上来了。这样一推断，我这位疼爱我的舅舅马上就急急忙忙跑到离这儿近日的市镇上去，要给我买一些书。

我听到舅舅和苏珊两个人商议，舅舅要搅乱我和爸爸的快乐，我很不以为然。我看见他拿着帽子走出去，心里暗暗巴望，他这是又到"海外"去了，苏珊告诉过我，说他就是从那儿来的。"海外"究竟在哪儿，我说不上来，当然我却认定那是很远很远的一个什么地方。我来到教堂墓地旁，坐在踏阶上面，一边不断地看着大路，一边说："但愿别再见到舅舅，但愿舅舅别再从'海外'回来。"不过我的声音非常轻，我觉得自己又在恶作剧耍脾气了。我在这儿一直坐到舅舅从市镇上带着新买的东西回来。我看见他匆匆走来，胳膊底下夹着一个小包儿。看到他，我很不痛快，皱着眉头，尽量摆出一副使性子的样子。他打开包儿说："贝萃，我给你带回一本好看的书。"我把头扭到一边说："我不要什么书。"但却忍不住想偷偷再看上一眼。他忙着解包，一不小心把书都掉在了地上，这一来，我就看见烫金的书皮和花花绿绿的图画满地扇忽。多好看哪！我心中对他的那股别扭劲全都没有了，仰起脸来亲他。往常爸爸要是对我非常好的时候，我就是这样谢谢他的。

我舅舅可真是给自己找了一桩麻烦事。他原先听我拼读得那么好，满以为只要把书交到我手里，他就算完事大吉，而我也就可以自己念了；没想到，尽管我拼读得还算好，可这些新书里的字母却比我看惯了的小得多了，所以我看它们就像外国字一样，拿它们一

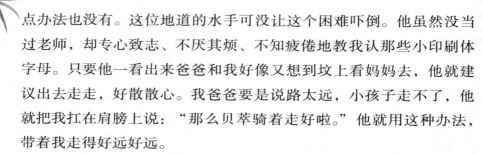

点办法也没有。这位地道的水手可没让这个困难吓倒。他虽然没当过老师，却专心致志、不厌其烦、不知疲倦地教我认那些小印刷体字母。只要他一看出来爸爸和我好像又想到坟上看妈妈去，他就建议出去走走，好散散心。我爸爸要是说路太远，小孩子走不了，他就把我扛在肩膀上说："那么贝萃骑着走好啦。"他就用这种办法，带着我走得好远好远。

在这些愉快的远足当中，舅舅从不忘记让苏珊备午饭给他带上。这样的午饭我们几乎每天都吃，但是每当我们坐在一处树荫下，舅舅把藏在衣兜里的简单吃食拿出来分给诸位的时候，我和爸爸总觉得那是些意想不到的新鲜玩意儿。舅舅分完了以后，我还常常要偷偷看他的另一个衣兜，是不是有什么醋栗酒和一小瓶给我喝的水。偶尔有时候，忘了给我带水，那就又成了一段逗乐的材料——就是可怜的贝萃迫不得已也喝上那么一小滴酒。这些说起来都是孩子气的事儿，我倒是希望能想起舅舅往常讲的那些妙趣横生的航海旅行故事，而不再提自己这些傻里傻气的事。舅舅那些故事都是我们坐在树荫下一边吃午饭一边听他讲的。

舅舅在我们家里住了很长一段时间。这成了我一生当中的一件大事，所以我谈他谈得也许会使你们觉得絮烦了，但是他走了以后，我这个故事剩下的部分就很短了。

夏天的几个月过去了，但是却过得并不快——那些愉快的散步，还有舅舅亲身经历过的那些令人着迷的故事，使我觉得那个夏天像好几年一样地长。我记得舅舅给我买了一件暖和的大衣，随后冬天就来了，我头一回把那件大衣穿在身上，觉得那么得意；他还叫我小红斗篷，嘱咐我要小心狼。我却大笑着说，现在没有那种东西啦。听我这么一说他就告诉我，他在渺无人烟的地方都遇上过多少狼，还有熊，还有老虎，还有狮子。那些地方，就像鲁滨孙待的那座荒岛一样。哎呀，那些日子过得多快活呀！

到了冬天，我们散步的时间变短了，次数也减少了，读书这时候就成了我最主要的消遣。当然我的学习也常常中断，因为我要和舅舅闹着玩。可是舅舅玩起来那么笨，所以最后常常以吵嘴了事。不过在这之前很长时间，我就非常爱我舅舅了。他住在我们这儿的时候，我的进步的确很大。眼下，我念书已经念得很好了。由于听惯了爸爸和舅舅谈话，我早已成了一个懂事的小大人儿。因此爸爸对他说："詹姆斯，你把我的孩子变成一个很会待人接物的小东西了。"

爸爸常常把我一个人撂给舅舅，他有的时候要写布道讲词，有的时候要去看望病人，有的时候还要去给贫苦的邻居们出出主意。每逢爸爸不在身边，舅舅总要和我长谈，告诉我应该怎样千方百计使爸爸快乐，怎样想法在他走了以后自己提高自己——直到这时，我才真正理解到，他为什么要费那么大的苦心不让爸爸到妈妈坟上去；这座坟，我还是常常私下里偷偷地去瞧，不过现在瞧的时候，再也不能不对它肃然起敬了，因为舅舅常告诉我，妈妈是怎样一位贤妻良母。现在我才觉得她是一位真实的妈妈了，而以前，她似乎只是一种概念上的什么，和人世没有任何关联。舅舅还告诉我，坐在教堂里最好座位上那个庄园家的妻子小姐们，没有一位像我可爱的妈妈那样文雅；村子里最善良的女人，谁也比不上我亲爱的妈妈那么贤惠；他还说，要是妈妈还活着，那我就不必非得跟他这个粗鲁的水手学那点可怜的知识了，也不必非得跟苏珊学打毛线、做衣服了；妈妈要是还活着，她准会教我有身份的太太小姐做的那些精细雅致的活儿，教我文雅的举止、周到的礼貌，还会给我选合适的书，选那些最能指导我的思想而舅舅却一无所知的书。假如说我一生当中会真正懂得一点什么叫做贤良，什么才是堪称妇德的品质，那全仗我那粗鲁质朴的舅舅对我的这些教导。他告诉我妈妈会怎样教导我的时候，就让我知道自己应该做到什么样子了。所以，他离开我们以后不久，我被推荐给那个庄园家那些太太小姐的时候，我不是像舅舅还没来以前那样，跟个乡下丫头似的羞羞答答把头使劲低着，而是尽力照舅舅说过的妈妈当年那样，说话的时候清清楚楚，大大方方，态度谦恭，举止文雅；我也没有手足无措地瞅着地，而是瞧着她们，心里想的是：一位端庄优雅的女子看上去该是多么顺眼；妈妈既然比她们都优雅得多，那她看起来该多么叫人可心。我听到她们恭维爸爸，说他的孩子举止可爱，说他把我教育得这样文静娴雅，那时候我心里就说："爸爸才不在乎我礼貌不礼貌呢，他只要我听话就得了；是舅舅教给我言谈举止都要学妈妈那样的。"舅舅说他自己怎样粗鲁，怎样缺乏教养，但是现在我却认为，他一点也不像他自己所说的那样，因为他教给我的东西是那样好，给我的印象是那样深，让我永远也忘不了，而且我希望，这些东西还会让我受益终生。他经常把他用的每一个字眼都讲给我听，像什么叫温文尔雅啦，什么叫自馁心虚啦、矫揉造作啦等等。他用到我们教堂来作礼拜的那些太太和她们年轻女儿的举止做例子，说明这些字眼都是什么意思。那时候，我爸爸讲道讲得很感人，所以不仅那个庄园家的太太小姐到我们教堂来，而且这附近很多人家也都到这个教堂里来。

舅舅走的时候，是早春时节，因为庭院里番红花刚好开放，在一排排刚发芽的篱树下面，樱草也刚刚露头。他走上大路后，我隔着树丛间的空隙望着他最后的背影，哭得好伤心。爸爸陪着他走到镇上，从那儿，他再坐驿车到伦敦去。苏珊千方百计地安慰我，真叫我心里腻烦！我忽然想到我头一次见到舅舅的时候坐的那个踏阶，我觉得我可以到那儿去坐着，回想那天的情景；可是我刚坐下，就想起我当时是多么不懂事，带他到妈妈坟上，把他吓成那样；然后又想到，我当时是多么顽皮，就坐在这个踏阶上自言自语，一心只愿跑那么远去给我买书的舅舅再也不要回来才好。我和舅舅每一次小小的争吵都一齐涌上我的心头，如今我再也不能和他一起玩了，我简直心都要碎了。我刚才还觉得苏珊安慰我很无聊，现在却不得不跑回屋子里去找她了。

过了几天，有一天天已经黑了，但还没有点蜡，我和爸爸一起坐在壁炉旁边，我对他一一讲了我怎样坐在踏阶上后悔不已，我怎样想起舅舅刚来的时候我在那儿对他态度那么不好，还有我怎样一想到和舅舅吵了那么多次就感到难过。爸爸微微笑着攥着我的手说："让我来把这一切情形都给你说一说好啦，你这个小小的忏悔人。我们心疼的人一旦从我们身边离开，我们都会有这类感觉。我们亲密的好友和我们在一起的时候，我们和他们愉快相处，只觉其乐，但却总是有点身在福中不知福，也不大注意仔细掂量我们日常言谈举止的轻重深浅。我们的心情随和友善也罢，失意沮丧也罢，他们都得跟着我们转。假如我们之间发生了什么小小的口角，一旦我们心情都好转了，再想起这些事来，就会彼此更加亲近；可是一旦我们倾心疼爱的人一去不复返了，这些事情就会压在我们的心头，让我们觉得那都是十分厉害的过错。你那亲爱的妈妈和我虽然从来没有红过脸，但是她突然把我撇下以后，我居丧悼亡的头些日子，心里就时常后悔，当初在很多事情上，我本来是可以做得让她更加幸福的。现在你也是这样一种心情，孩子。为了让舅舅快乐，你尽到了一个孩子的所能，他也真心地爱你；这些让你那幼小的心灵感到难过的事情，你舅舅想起来会觉得快活的。我和他最后一起走的时候，他告诉我，我刚来的那会儿是怎样好不容易才慢慢得到了你的好感，他远去之后，想起这些事情来，总会感到很有趣的。可他告诉我这些话那会儿，也许你正在那儿后悔难过呢。快把你这些没有道理的悲伤丢到一边去吧，你只把这件事当做一个教训就够了。别忘了，你待你喜欢的人要能有多好就有多好；也不要忘了，在他们离开你以后，你永远也不会觉得你待他们已经好到不能更好了。像你刚才所说的这种感情，是人命中注定必有的。

因此，我不在了的时候，你也会这样的；你死了之后，你的孩子们也会这样。不过你舅舅还是会回来的，贝萃。可是这会儿咱们得想想看，从哪儿去弄个鸟笼子来，好养活会说话的鹦鹉，他下次再来的时候就会把鹦鹉带来了。好了，去告诉苏珊，拿几支蜡来，再问问她，她答应吃茶点的时候给咱们的可口点心是否快烤好了。

作者简介 ❖

威廉·赫兹里特

（1778~1830）

19世纪初英国浪漫主义散文家。代表作品为《论青年的不朽》。

时　间

随着年岁的增多，我们越来越深切地感到时间的宝贵。确实，世上任何别的东西，都没有时间重要。对待时间，我们也变得吝啬起来。我们企图阻挡时间老人的最后的蹒跚脚步，让他在墓穴的边缘多停留片刻。不息的生命长河怎么竟会干涸？我们百思不得其解。也许当"生活的所有生机已逝"，我们就只能沉浸在对往事的回忆中，到了这一步，我们不管抓到什么，都会固执地紧抓不放；不管看到什么，我们都会感到空虚；不管听到什么，我们都会不再相信。我们不再有青年的丰富感情，觉得一切都单调乏味。世界是一个涂脂抹粉的巫婆，她乔装打扮，摆出一副诱人的面孔，让我们蹉跎岁月。无忧无虑的青春赋予我们的轻松、欢乐与幸福都像过眼烟云般的消失了。除非我们公然违反常识，否则也休想"在日薄西山的暮年，收获豆蔻年华无法奉献的鲜果"。如果我们能免遭横祸，悄然离去，能战胜垂死时身体的虚弱和痛苦，能泰然自若地跨入另一个世界，我们就别无他求了。按照一般的自然规律，我们并不死于一旦：因为长期以来，我们就一直在逐渐地消耗生命的活力。在生命的历史中，我们的器官功能丝丝缕缕地丧失，我们的依恋也被一个一个地逐渐放弃。岁月，每年都

春天的遐想

从我们身上剥夺一些东西；死亡，仅仅是把残存之躯交托给坟地。这种归宿并没有什么了不起，平静地死去就像戏中的情节——合情合理，无可非议。

这样，我们在某种意义上竟会虽生犹死。最终无声无息地化为乌有，这是毫不奇怪的。即使是在我们的黄金时代，印象最强烈的东西也没有留下多少痕迹，事物后浪推前浪地接踵而来，一个取代一个。不管在什么时候，我们看过的书，见过的事，受过的苦，给我们的影响是多么微乎其微啊！想一想，当我们读一本妙趣横生的传奇文学，看一场引人入胜的戏剧时，我们是怎样地百感交集、心潮澎湃，充满了多少美妙、庄严、温柔、断肠的感情波澜。那一刻，你也许会以为它们将会长驻脑海，永世不忘，或至少使我们的思想和它们的格调和谐，和它们的旋律一致。当我们一页页读下去，一幕幕看过去时，觉得似乎从今以后，再也没有什么能动摇我们的决心，"不管是内乱，还是外患，再也没有什么能影响我们"。

然而，只要我们一走上街道，身上被人溅上第一滴污泥，被第一个诡计多端的店主骗去两便士，我们脑海中这一切纯净美好的感情便统统消失得无影无踪，我们的精神支柱便完全崩溃。我们成了这卑劣、讨厌的环境的牺牲品。我们的思想还囿于生活的小圈子里，前后不一，卑劣渺小，要想让思想插上翅膀，飞向庄严、崇高的境地，我们就得做出巨大的努力。这一切发生在我们生命的极盛时期。那时，我们思想敏锐，一切新鲜事物都会使我们冲动，使我们热血沸腾。不管是人间还是天国，都不能满足我们难填的欲壑和过分的奢望。然而，世上也有那么几个幸运儿，他们天生一个好性格，不会因任何琐事而烦恼，这种态度使他们心境恬适，安之若素，使他们周围荡漾着神圣的和谐之声。这才是真正的和平与安宁，否则的话，如果让懊悔和烦恼的心情缠身，即使是飞入荒凉的沙漠，隐居于乱石林立的山巅也无济于事；有了这种宁静之心，就根本无需去进行这些尝试。唯一真正的退隐是心灵的安宁，唯一真正的悠闲为心境的平静。对于这种人来说，处于青春年华和处于风烛残年毫无区别。他们体面地辞别人世，悄然而去，就像他们活着的时候那样无声无息。

春天的遐想

作者简介 ❖

艾丽斯·梅内尔

（1847～1922）

英国诗人、作家。代表作为《序曲》。

🍃人生的节奏

　　假如生活不总是充满诗情画意，它至少是富有悠扬韵律的。从思想轨道的路径来看，人的内心体验呈现周期性。不知彼此距离有多远，不知椭圆轨道有多长，不知运行速度有多快，不知循环周期有多久。但是，周而复始的循环往复确定无疑。上周或去年内心曾经遭受的痛苦，现在烟消云散了；但下周或来年痛苦仍然会卷土重来。快乐不在于我们经历的是是非非，而取决于心灵的潮起潮落。疾病是带有节奏规律的，行将就木之际疾病来袭的周期愈来愈短，身体复原时疾病的发作周期愈来愈长。因为某事，痛不欲生，这种痛楚昨日曾不堪承受，明日也将不堪承受；今日却不难忍受，尽管伤心事并未过去。甚至未解的精神上的痛苦负担，也定能让内心得到片刻的宁静；悔恨本身并非驻足不去，它只不过是再度光临；快乐令人又惊又喜。倘若觉察到快乐来临的路线，我们可能会翘首以待，因此快乐如期而至，而非突如其来。实际上，无人做过这种观察；在人们关于内心世界的所有日记中，尚未出现开普勒式的人物记录过这种循环往复。但是坎普滕的托马斯对这种周而复始略有觉察，尽管他并未测量它的循环周期。"除此之外，夫复何求？万事万物皆由此构成"——他发现在痛苦至深时反能找到快乐的逗留，快乐时刻来临时，人的心灵受到记忆的抑制，迎接快乐之情更强烈，但是预感快乐将无情地转瞬即逝。"你甚少，甚少光临"，雪莱长吁短叹，伤感的并非快乐本身，而是快乐的精灵。我们可以事先强迫快乐听候我们随意调遣，伺候我们——每日分派埃里厄尔任务；但是这种人为的勉强破坏了生活的节奏韵律，何况如此强迫的并非快乐的精灵。快乐的精灵在椭圆形、抛物线形或双曲线形的轨道上飞来飞去，无人知晓与时间有怎样的约会。

　　雪莱与《效法基督》的作者可以敏锐而简单地察觉到快乐精灵的飞翔往来，并猜测其周期性，这并非巧合。这两个人的灵魂与他们生活的多个世界中的精灵密切接触，因此任何人类的繁文缛节，任何对普遍运动的自由和规则的背道而驰，都不能阻止他们发现周而复始这一规律。"它仍然在转动。"他们知道无往不复，没有暂离便没有来临；他们知道飘然离去意味着漫长的回程；他们知道姗姗来迟、似乎触手可及的东西却又正急忙转身匆匆而去。"啊！西风，"雪莱在秋季感慨万端，"啊！西风，冬天来了，春天还会远吗？"

　　他们知道潮涨意味着潮落，不合时宜的、人为的周期干扰将使潮流的进退失据，削弱运动的气势和原动力。

　　如果一生矢志追求平等的生活，无论是在智力产出上的平等、在精神惬意上的平等、抑或是在感官享受上的平等，生活都将毫无安宁，也了无生气。一些圣人生活单纯专一，与众不同，他们的灵魂完全符合周期性的规律。

　　欣喜若狂与孤寂凄苦交替拜访他们。他们放弃了凡尘俗世，却四顾茫然，忍受种种内心痛苦。他们为心中偶然闪烁的非同凡响的甜美而欣喜万分。与圣人相仿的还有诗人骚客，在漫漫人生旅途上，缪斯女神三次或十次降临他们身边，点拨他们，最后抛弃他们。但是与圣人又截然不同，诗人不总是驯服的，对无可挽回的黄金时光的短暂与离去并无完全的心理准备。极少有诗人彻底承认他们的缪斯女神常常离开，因为只有一种方式表达这种彻底承认，那就是搁笔沉默。

人们发现非洲和美洲的一些部落崇拜月亮而不崇拜太阳；大多数部落则两者都顶礼膜拜；但是单崇拜太阳而不崇拜月亮的部落尚未有所闻。因为太阳的周期律仍然不完全为人所知，而月亮的周期律则较为明显，影响四季。月亮决定了潮汐的涨落起伏，她是塞勒涅，月之女神，赫斯之母，她带来露水，在雨水稀少的地方，露水不断滋润着大地。与地球的其他任何伴星相比，她是度量者。早期的印欧语系中的语言对她便如此相称。

月亮的盈亏圆缺象征着周而复始的秩序。常中有变，月亮的定期而至、按期而返正是她反复多变的原因。朱丽叶不愿接受指月盟誓，但是她红颜薄命，至死不明白爱情本身也如潮汐一样起伏消长，由炽而衰——爱的衰退消逝全由内心的反复无常所致，但是恋人却徒劳无情地将其归之于他所爱的人外表的某些变化。因为除了刚才已讲的非同一般的人之外，人们甚少了解世事的沧桑变化。一个人要么自始至终对此浑然不觉，要么感觉到了却又失之过迟。他要到很晚才能知道这一点，因为这需要经验的不断累积，但是累积的证据却又不见于人。一直要到一个人的后半生，这一规律才为人所彻底认识，并因此才放弃对至死不渝、永不变心的期望和担忧。年轻人的悲痛几近绝望正是由于年轻人对这一规律毫不知晓。希望早日建功立业的想法亦是如此。对人生当中必需的间歇停顿——愿望之间的间歇、行动之间的间歇，这些间歇如同睡眠的间歇一样无可避免——一无所知的人，人生似乎特别漫长，潜力无穷。另一方面，因为全然不解时来运转亦是命中注定、必然而至的，所以对时运不济的年轻人来说，人生似乎不可思议，难以对付。

他们如若知道，在更为莫测高深的微妙意义上，人间世事有起有伏，如同潮汐的涨落——如果对莎翁的原句意义加以引申，不至于被认为胆大妄为的话——心里一定会如释重负。快乐弃他们而去，赶在回家的路上；他们的人生会有甘有苦，亦喜亦悲；如果了解人情世态，他们就须与时偕行，时行则行，时止则止，因为他们知道人人受制于天地万物的法则——太阳的旋转与产妇的阵痛。

春天的退想

作者简介 ❖

戴维·赫伯特·劳伦斯

(1885 ~ 1930)

英国诗人、小说家、散文家。著名作品有《虹》、《爱恋中的女人》、《查太莱夫人的情人》、《儿子和情人》、《大草垛中的爱情》等。

 鸟啼

　　严寒持续了好几个星期，鸟儿很快地死去了。田间与灌木篱下，横陈着田凫、椋鸟、画眉等数不清的腐鸟的血衣，鸟儿的肉已被隐秘的老饕吃净了。

　　突然间，一个清晨，变化出现了。风刮到了南方，海上飘来了温暖和慰藉。午后，太阳露出了几星光亮，鸽子开始不间断地缓慢而笨拙地发出咕咕的叫声。这声音显得有些吃力，仿佛还没有从严冬的打击下缓过气来。黄昏时，从河床的蔷薇棘丛中，开始传出野鸟微弱的啼鸣。

　　当大地还散落着厚厚的一层鸟的尸体的时候，它们怎么会突然歌唱起来？从夜色中浮起的隐约的清越的声音，使人惊讶。当大地仍在束缚中时，那小小的清越之声已经在柔弱的空气中呼唤春天了。它们的啼鸣，虽然含糊，若断若续，却把明快而萌发的声音抛向苍穹。

　　冬天离去了。一个新的春天的世界。田地间响起斑鸠的叫声。在不能进入的荆棘丛底，每一个夜晚以及每一个早晨，都会闪动出鸟儿的啼鸣。

　　它从哪儿来呀？那歌声？在这么长的严酷后，鸟儿们怎么会这么快就复生？它活泼，像泉水，从那里，春天慢慢滴落又喷涌而出。新生活在鸟儿们喉中凝成悦耳的声音。它开辟了银色的通道，为着新鲜的春日，一路潺潺而行。

所有的日子里，当大地受窒，受扼，冬天抑制一切时，深埋着的春天的生机一片沉默。他们只等着旧秩序沉重的阻碍退去，在冰消雪化之后，顷刻间现出银光闪烁的王国。在毁灭一切的冬天巨浪之下，蛰伏着的是宝贵的百花吐艳的潜力。有一天，黑色的浪潮精力耗尽，缓缓后移，番红花就会突然间显现，胜利地摇曳。于是我们知道，规律变了，这是一片新的天地，喊出了崭新的生活！生活！

不必再注视那些暴露四野的破碎的鸟尸，也无须再回忆严寒中沉闷的响雷，以及重压在我们身上的酷冷。冬天走开了，不管怎样，我们的心会放出歌声。

即使当我们凝视那些散落遍地、尸身不整的鸟儿腐烂而可怕的景象时，屋外也会飘来一阵阵鸽子的咕咕声，那从灌木丛中发出的微弱的啼鸣。那些破碎不堪的毁灭了的生命，意味着冬天疲倦而残缺不全的队伍的撤退。我们耳中充塞的，是新生的造物清明而生动的号音，那造物从身后追赶上来，我们听到了鸟儿们发出的轻柔而欢快的隆隆鼓声。

世界不能选择。我们用眼睛跟随极端的严冬那沾满血迹的骇人的行列，直到它走过去。春天不能抑制，任何力量都不能使鸟儿悄然，不能阻止大野鸽的沸腾，不能滞留美好世界中丰饶的创造，它们不可阻挡地振作自己，来到我们身边。无论人们情愿与否，月桂树总要飘出花香，绵羊总要站立舞蹈，白屈菜总要遍地闪烁，那就是新的天堂和新的大地。

那些强者将跟随冬天从大地上隐遁。春天来到我们中间，银色的泉流在心底奔涌，这喜悦，我们禁不住。在这一时刻，我们将这喜悦接受了！变化的时节，啼唱起不平凡的颂歌，这是极度的苦难所禁不住的，是无数残损的死亡所禁不住的。

春天的遐想

多么漫长的冬天，冰封昨天才裂开。但看上去，我们已把它全然忘记了。它奇怪地远离了，像远去的黑暗。看上去那么不真实，像长夜的梦。新世界的光芒摇曳在心中，跃动在身边。我们知道过去的是冬天，漫长、恐怖。我们知道大地被窒息、被残害。我们知道生命的肉体被撕裂，零落遍地。所有的毁害和撕裂，啊，是的，过去曾经降临在我们身上，曾经团团围住我们。它像高空中的一阵风暴，一阵浓雾，或一阵倾盆大雨。它缠在我们周身，像蝙蝠绕进我们的头发，逼得我们发疯。但它永远不是我们最深处真正的自我。我们就是这样，是银色晶莹的泉流，先前是安静的，此时却跌宕而起，注入盛开的花朵。

生命和死亡全部不相容。死时，生便不存在，皆是死亡，犹如一场势不可挡的洪水。继而，一股新的浪头涌起，便全是生命，便是银色的极乐的源泉。

死亡攫住了我们，一切残断，沉入黑暗。生命复生，我们便变成水溪下微弱但美丽的喷泉，朝向鲜花奔去。当炽烈而可爱的画眉，在荆棘丛中平静地发出它的第一声啼鸣时，怎能把它和那些在树丛外血肉模糊、羽毛纷乱的残骸联系在一起呢？在死亡的王国里，不会有清越的歌声，正如死亡不能美化生的世界。

鸽子，还有斑鸠、画眉……不能停止它们的歌唱。它们全身心地投入了，尽管同伴昨天遭遇了毁灭。它们不能哀伤，不能静默，不能追随死亡。死去的，就让它死去。现在生命鼓舞着、摇荡着到新的天堂，新的昊天，在那里，它们禁不住放声歌唱，似乎从来就这般炽烈。

从鸟儿们的歌声中，听到了这场变迁的第一阵爆发。在心底，泉流在涌动，激励着我们前行。谁能阻挠到来的生命冲动呢？它从陌生的地方来，降临在我们身上，使我们乘上了从天国吹来的清新柔风，就如向死而生无理性迁徙的鸟儿一样。

作者简介 ◆

夏多勃里昂

（1768～1848）

法国浪漫主义文学的奠基人。主要作品有小说《阿达拉》、《勒内》和《纳切兹人》等，散文《美洲游记》、《从巴黎到耶路撒冷》和晚年完成的六卷本《墓畔回忆录》。

密西西比河风光

密西西比河两岸风光旖旎。西岸，草原一望无际，绿色的波浪透迤而去，在天际同蓝天连成一片。三四千头一群的野牛在广阔无垠的草原上漫游。有时，一头年迈的野牛劈开波涛，游到河心小岛上，卧在高深的草丛里。看它头上的两弯新月，看它沾满淤泥的飘拂的长髯，你可能把它当成河神。它踌躇满志，望着那壮阔的河流和繁茂而荒野的两岸。

以上是西岸的情景。东岸的风光不同，同西岸形成令人赞叹的对比。河边、山巅、岩石上、幽谷里，各种颜色、各种芳香的树木杂处一堂，茁壮生长；它们高耸入云，为目力所不及。野葡萄、喇叭花、苦苹果在树下交错，在树枝上攀缘，一直爬到顶梢。它们从槭树伸延到鹅掌楸，从鹅掌楸延伸到蜀葵，形成无数洞穴、无数拱顶、无数柱廊，那些在树间攀缘的藤蔓常常迷失方向，它们越过小溪，在水面搭起花桥。木兰树在丛莽之中挺拔而起，耸立着它静止不动的锥形圆顶；它树顶开放的硕大的白花，俯瞰着整个丛林；除了在它身边摇着绿扇的棕榈，没有任何树木可以同它媲美。

被创世主安排在这个偏远的丛莽中的无数动物给这个世界带来魅力和生气。在小径尽头，有几只因为吃饱了葡萄而醉态酩酊的熊，它们在小榆树的枝丫上蹒跚；鹿群在湖中沐浴；黑松鼠在茂密的树林中嬉戏；麻雀般大小的弗吉尼亚鸽从树上飞下来，在长满红草莓的草地上踯躅；黄嘴的绿鹦鹉，映照成红色的绿啄木鸟、和火焰般的红雀在柏树顶上飞来飞去；蜂鸟在佛罗尼达茉莉上熠熠发光，而捕鸟为食的毒蛇倒挂在树枝交织而成的穹顶上，像藤蔓一样摇来摆去，同时发出阵阵嘶鸣。

如果说河对岸的草原上万籁无声，河这边却是一片骚动和聒噪：鸟喙啄击橡树干的笃笃声，野兽穿越丛林的沙沙声，动物吞啮食物或咬碎果核的嘶嘶声；潺潺的流水、啁啾的小鸟、低哞的野牛和咕咕叫的斑鸠使这荒野的世界充满一种亲切而粗犷的和谐。可是，如果一阵微风吹进这深邃的丛林，摇晃这些飘浮的物体，使白色、蓝色、绿色、玫瑰色的生物混杂交错，使所有的色调融合为浑然一体，使所有的声音汇成合唱，那是多么奇伟的声音，多么壮观的景象！可是，对于没有亲临其境的人，这一切我是无从描绘的。

🍃 美洲之夜

一天傍晚，我在离尼亚加拉瀑布不远的森林中迷了路；转瞬间，太阳在我周围熄灭，我欣赏了新大陆荒原美丽的夜景。

日落后一小时，月亮在对面天空出现。夜空皇后从东方带来的馥郁的微风好像她清新的气息率先来到林中。孤独的星辰冉冉升起：她时而宁静地继续她蔚蓝的驰骋，时而在皑皑白雪笼罩山巅的云彩上憩息。云彩揭开或戴上它们的面纱，蔓延开去成为洁白的烟雾，散落成一团团轻盈的泡沫，或者在天空形成絮状的耀眼的长滩，看上去是那么轻盈、那么柔软和富于弹性，仿佛可以触摸似的。

地上的情景也同样令人陶醉：天鹅绒般的淡蓝的月光照进树林，

把一束束光芒投射到最深的黑暗之中。我脚下流淌的小河有时消失在树木间，有时重新出现，河水辉映着夜空的群星。对岸是一片草原，草原上沉睡着如洗的月光；几棵稀疏的白桦在微风中摇曳，在这纹丝不动的光海里形成几处飘浮的影子的岛屿，如果没有树叶的坠落、乍起的阵风、灰林鸮的哀鸣，周围本来是一个万籁俱寂的世界；远处不时传来尼亚加拉瀑布低沉的咆哮，那咆哮声在寂静的夜空越过重重荒原，最后湮灭在遥远的森林之中。

　　这幅图画的宏伟和令人惊悸的凄清是人类语言所不能表达的；与此相比，欧洲最美的夜景毫无共同之点。试图在耕耘过的田野上扩展我们的想象是徒劳的；它不能超越四面的村庄；但在这蛮荒的原野，我们的灵魂乐于进入林海的深处，在瀑布深渊的上空翱翔，在湖畔和河边沉思，并且可以说独自站立在上帝的面前。

春天的遐想

世界散文精品集丛书

作者简介 ◆

米什莱

（1798～1874）

法国著名的历史学家。作品有《法国史》、《法国大革命史》、《鸟》、《虫》、《海》、《山》等。

云　雀

　　云雀是最典型的田野里的鸟儿。这是庄稼人的珍禽。她总是殷勤地伴随着他们，在艰辛的犁沟中间，到处都有她的足迹。她给他们鼓劲，加油，为他们歌唱希望。希望，这是咱们高卢人的古老铭言；正因为如此，他们把这种平凡的鸟儿尊为"国鸟"。她的羽毛并不美丽，但是她天性勇敢，充满欢乐。

　　大自然似乎有些亏待云雀。她的脚爪长得使她不适合在林间栖息，她只好就地筑巢，与野兔为邻，田沟是她的穹庐。当她孵化幼雏的时候要度过多少动荡不定、充满风险的生活啊！无数的烦忧，无数的忐忑不安！一片浅浅的草皮怎么能给这位母亲掩藏起她的小宝贝儿，抵挡住狗、鸢和鹰隼的窥伺呢。她匆忙地把小鸟孵化出来，又匆忙地把颤颤抖抖的幼雏抚育成长。谁能想到这不幸的鸟儿和她那忧郁的邻居野兔有着同样的悲怆呢！

　　　　此物多愁结，惊惧噬其心

　　　　　　　　　　　　——拉封丹

　　然而由于她生性愉快，善忘，或者你要愿意，也可以说她轻率，总之是充满了法兰西式的乐天精神，于是相反的情况发生了：一旦脱离险境，"国鸟"又重新获得静谧，她又像从前那样歌唱，显示出无法抑制的喜悦。更令人惊奇的是：她多灾多难的动荡生活、那无数残酷的苦难并没有使她的心变得僵硬无情；她仍然那样快活，善良，合群，满怀信心；她具有这些稀有的优秀品质，堪称鸟类中友爱的模范；云雀也像燕子一样，必要时还会哺育自己的姐妹们呢。

有两样东西支持着并鼓舞着她，这就是阳光和爱情。一年之中她有半年恋爱。每年有两三回，她得承担起做母亲的多灾多难的幸福，忍受着无数风险去尽那份哺育的辛劳。在没有爱情的时候，她拥有阳光，阳光令她兴奋。只要有一抹阳光，她就会引吭歌唱。

她是白天的女儿。每当晨曦降临，茜红微微染上天边，太阳即将升起的时候，她就像箭一样地从田沟里直冲出去。在天空中高唱欢悦的颂歌。这是一首神圣的诗篇，像黎明一样清新，像童心一样纯洁、快乐！这嘹亮而有力的声音正是收获的信号。"走吧，"父亲说，"你们没听见云雀在召唤吗？"云雀跟随着他们，不停地给他们鼓劲，到了炎热的中午，为他们驱赶虫蚋，连连催他们进入梦乡。她把流泉般的柔和曲调倾泻在少女侧过的、朦胧欲睡的头上。

女孩和花

女孩子把她最喜欢的一粒娇艳的红豆纳入土中。好，等着吧！可怎么能无所事事地等待大自然去孕育呢？于是，从第二天起，她老是去看望这粒豆子。豆子好端端地呆在土窝儿里，还是那个模样。这年轻的保育员心里不耐烦了，她想总不能就这么由着它；她想着就动手拨开表层泥土，不停地用喷壶浇水，催促这懒惰的种子赶快发芽。泥土喝饱了水，太多了，好像还总是口渴。可经过她这样一

番照料，灌溉，豆子却死了。

干园艺可是一种需要耐心的活儿。这可以锻炼孩子的性格。那么，从几岁正式开始好呢？我想小女孩对自己心爱的植物总是非常喜爱的（比男孩子更喜爱），她们等待，照料，关怀。一旦试验成了，她们看到地上冒出了幼芽，就高兴得不得了，抚弄着，一一亲吻这个小生命。她们心里总想着再看到这一奇迹，这样她们会变得富有耐心的。

女孩子的真正生活是田野里的生活；即使住在城市里，也应当尽可能地让她们常常接触到绿色的植物世界。

为了实现这一点，并不是说需要有一座大花园，一个公园。东西越少，就越叫人喜欢；她只要在家里的阳台上或是屋顶的延伸部分种一棵依傍在墙边的桂竹花。你知道吗，她从这仅有的桂竹花所获得的快乐要比富豪人家的女孩扔在大花坛上的花枝所获得的要多得多，那些小姐只晓得糟蹋东西。细心照料，静静地观察花儿，去了解这种植物和各个季节、气候的关系，通过观察、经验、思考、推理，在这方面可以学习许多知识。谁不知道贝纳丹·德·圣皮埃尔因为偶然看到窗台上瓦盆里的草莓而产生的奇妙想法呢？他在其中看到了一个无限，并以此为他的植物和谐论奠定了基础，简单、明了、通俗，而且亦不乏科学价值。

时值二月，在一次冬日的漫步中，小女孩凝望着枝头的红色嫩芽，叹息着问道："春天快来了吗？"她突然呼叫起来——因为她蓦地发现脚下就是春天——路边的绿意中，一朵铃铛形的银花——雪花莲，报告了新春消息。

太阳的热力又渐渐增加了。从三月份开始，在时有时无的初阳的照射下，这小小的世界整个绽开了，报春花和雏菊都急不可待地依次出现，这些年轻的花儿推出金色的小圆盘盘儿，她们以太阳的女儿自居呢。这些花，除了三色堇之外，并无多大的香气。泥土仍然太湿。水仙花、风信子和铃兰在潮湿的土地上，在林子的树阴里露面了。

多么快乐啊！这又是多么令人惊奇！……这些天真无邪的植物仿佛都是为女孩子生的。每天，她都想得到许多花儿，采摘、搜集、捆扎，带几束小花回家，到明天再扔掉。她还要向所有的新来者问好，像姐姐似的吻她们。在这明媚的春光里可千万不要打扰她啊。不过，当一个月、两个月过去之后，她会感到满足的，我对她说："孩子，当你在大自然中嬉游的时候，大地完成了它辉煌、壮丽的变嬗。你瞧，她披一身翠绿衣裳，那上面还带着山峦和丘陵的褶纹呢。你以为她怀抱着这一片繁花似锦的海洋只是为了带给你几支雏菊吗？不，朋友，伟大的万物之母这一席盛筵首先是供应给我们卑微低下的兄弟姐妹们的，因为正是它们哺育着我们啊。善良的母牛，温柔的母羊，质朴的山羊，它们所要求的是那么少，而给予的却那么多，它们使最穷苦的人足以生活，这富饶美丽的草原正是为它们准备的呀……它们将把大地的初乳装满它们的乳房，给你奶汁和奶油……你收下吧，得感谢它们。"

在这些新鲜甘美的食物上还要加上田园里的春日菜蔬和瓜果。随着天气转暖，应时而来的还有茶子和草莓，馋嘴的小女孩顺着这份香气总找得到的。尝第一口略微带了点酸味，第二口入口即化。天气炎热时人们常常会心烦意乱，甜甜的樱桃正是为热天准备的良药。烈日下收获的繁重农活开始了。这种兴奋狂热首先出现在玫瑰飘香的季节，香气袭人，昏昏欲睡。娇艳的花中之后兴高采烈地引来了她的无数姐妹，药用花卉，还有不少可以治病的含毒药草。

接着哺育全人类的、可敬的豆科家族到来了，禾本科植物到来了，就像利奈所说的，它们是植物世界里的可怜人。它们是植物界勇敢的英雄人物；不管人们怎样虐待它们，践踏它们，它们的后代却更加繁衍，愈来愈多！

我的女儿，可别模仿那些浮华、轻率的女孩子啊，她们目迷于随风荡漾的金色海祥，于是就穿越田野去寻找虞美人和矢车菊华丽不实的花枝。我愿你小小的脚沿着这条路笔直走去，敬重养育你的父亲、这片好麦子。你瞧，它们用一根弱茎支撑着那沉重的头，这就是我们明年的面包啊。你弄断每根麦穗就等于是夺走了穷人的生命，夺走了有功的劳动者的生命呢，正是因为他们终年辛苦，庄稼才有了个好收成。这麦子本身的命运就值得你令人敬仰。一整个冬天，它都藏在地里，在皑皑的白雪底下耐心等待；之后，春季的冷雨浇出了它的绿色：嫩芽，细小的芽儿冒出地面，它在搏斗，有时遇上乍暖还寒的天气，难免会冻伤，有时还被羊吃掉；但它终于顶着炙热的太阳长木了，成熟了。明天，就开镰收割啦，连枷打了又打，大麦粒啊，经过石头碾碎，研磨成粉，烘成面包，送入齿颊之间或酿制啤酒，供人饮用。为了人的生存而牺牲了自己。

全民族都用许多充满喜悦的歌儿歌唱这位殉道者和它的姐妹——葡萄。我们这里出产的麦子里储存着很高的营养物质，而葡萄则给予我们某些香甜、令人醺醉的东西。当一个人感到疲劳、衰弱，汗流浃背的时候，大自然母亲会更多地赐予他更富有生命力的食物。

草原和牛乳的春天之后接着来临的是营养丰盈、小麦金黄的季节，麦子刚刚割完打好，小小的葡萄（这儿的葡萄枝蔓萦绕，味道特别鲜甜）就在准备它美妙的饮料了。劳动多么繁忙，我的女儿！春季里还瞧不上眼的这些弯弯的植株，现在得花费多少人力啊！从三月起，你若是去广袤的香槟、勃艮第和南方地区漫游，你准能看到在法国的这一大片土地上，人们正在搭架葡萄枝蔓的柱子，种植，捆缚，接枝，然后在周围壅上土，就这样，整年都得付出辛勤劳动服侍这娇嫩的庄稼。不过，只要一阵大雾它就全完。

这是生与死的交替。每一株植物死了，它也就营养了别的植物。你没有看见，当晚秋肃然莅临，北风还没有刮，木叶就纷纷陨落了吗？叶子略略在空中打了个转转儿，就完全顺应、无声无息地落下。

植物（如果它有知觉），至少它会感到它有责任哺养它的姐妹，于是它为此而死。它心甘情愿地死去，落在地上，把它的残躯献给把它带下来的空气和它终将进入的大地，它的伙伴们将会接替它，而它培养了它朋友们的生命。它将心满意足地归去，也许还挺愉快，因为它觉得自己的责任已尽，它将休息，遵循上天的规律。

春天的遐想

作者简介 ◈

布封

(1707～1788)

法国 18 世纪博物学家、作家。代表作《自然史》、《马》、《天鹅》。

天　鹅

在任何社会里，不管是禽兽的或人类的社会，从前都是暴力造成霸主，现在却是仁德造成贤君。地上的狮、虎，空中的鹰、鹫，都只以善战称雄，以逞强行凶统治群众；而天鹅就不是这样，它在水上为王，是凭着一切足以缔造太平世界的美德，如高尚、尊严、仁厚等等。它有威势，有力量，有勇气，但又有不滥用权威的意志、非自卫不用武力的决心；它能战斗，能取胜，却从不攻击别人。作为水禽界里爱好和平的君主，它敢于与空中的霸主对抗；它等待着鹰来袭击，不招惹它，却也不惧怕它。它的强劲的翅膀就是它的盾牌，它以羽毛的坚韧、翅膀的频繁扑击对付着鹰的嘴爪，打退鹰的进攻。它奋力的结果常常是获得胜利。而且，它也只有这一个骄傲的敌人，其他善战的禽类没一个不尊敬它，它与整个的自然界都是和平共处的：在那些种类繁多的水禽中，它与其说是以君主的身份监临着，毋宁说是以朋友的身份看待着，而那些水禽仿佛个个都俯首帖耳地归顺它。它只是一个太平共和国的领袖，是一个太平共和国的首席居民，它赋予别人多少，也就只向别人要求多少，它所希冀的只是宁静与自由。对这样的一个元首，全国公民自然是无可畏惧的了。

天鹅的面目优雅，形状妍美，与它那种温和的天性正好相称。它叫谁看了都顺眼。凡是它所到之处，它都成了这地方的点缀品，使这地方美化；人人喜爱它，人人欢迎它，人人欣赏它。任何禽类都不配这样地受人钟爱；原来大自然对于任何禽类都没有赋予这样多的高贵而柔和的优美，使我们意识到它创造物类竟能达到这样妍丽的程度。俊秀的身段，圆润的形貌，优美的线条，皎洁的白色，婉转的、传神的动作，忽而兴致勃发、忽而悠然忘形的姿态。总之，天鹅身上的一切都散布着我们欣赏优雅与妍美时所感到的那种舒畅、那种陶醉，一切都使人觉得它不同凡俗，一切都描绘出它是爱情之鸟；古代神话把这个媚人的鸟说成为天下第一美女的父亲，一切都证明这个富有才情与风趣的神话是很有根据的。

　　我们看见它那种雍容自在的样子，看见它在水上活动得那么轻便、那么自由，就不能不承认它不但是羽族里第一名善航者，并且是大自然提供给我们的航行术的最美的模型。可不是么，它的颈子高高的，胸脯挺挺的，圆圆的，仿佛是破浪前进的船头；它的宽广的腹部就像船底；它的身子为了便于疾驶，向前倾着，愈向后就愈挺起，最后翘得高高的就像船舱；尾巴是地道的舵；脚就是宽阔的桨；它的一对大翅膀在风前半张着，微微地鼓起来，这就是帆，它们推着这艘活的船舶，连船带驾驶者一起推着跑。

　　天鹅知道自己高贵，所以很自豪，知道自己很美丽，所以自豪。它仿佛故意摆出它的全部优点；它那样儿就像是要博得人家的赞美，引起人注目。而事实上它也真是令人百看不厌的，不管是我们从远处看它成群地在浩瀚的烟波中，和有翅的船队一般，自由自在地游着，或者是它应着召唤的信号，独自离开船队，游近岸旁，以种种柔和、婉转、妍媚的动作，显出它的美色，施出它的娇态，供人们仔细欣赏。

　　天鹅既有天生的美质，又有自由的美德；它不在我们所强制或幽禁的那些奴隶之列。它无拘无束地生活在我们的池沼里，如果它

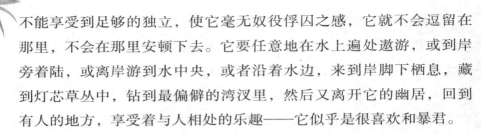

不能享受到足够的独立，使它毫无奴役俘囚之感，它就不会逗留在那里，不会在那里安顿下去。它要任意地在水上遍处遨游，或到岸旁着陆，或离岸游到水中央，或者沿着水边，来到岸脚下栖息，藏到灯芯草丛中，钻到最偏僻的湾汊里，然后又离开它的幽居，回到有人的地方，享受着与人相处的乐趣——它似乎是很喜欢和暴君。

天鹅在一切方面都高于家鹅一家，家鹅只以野草和籽料为生，天鹅却会找到一种比较精美的，不平凡的食料；它不断地用妙计捕捉鱼类；它做出无数的不同姿态以求捕捉的成功，并尽量利用它的灵巧与气力。它会避开或抵抗它的敌人：一只老天鹅在水里，连一匹最强大的狗它也不怕；它用翅膀一击，连人腿都能打断，其迅疾、猛烈可想而知。总之，天鹅似乎是不怕任何暗算、任何攻击的，因为它的勇敢程度不亚于它的灵巧与气力。

驯天鹅的惯常叫声与其说是响亮的，毋宁说是浑浊的：那是一种哮喘声，十分像俗语所谓的"猫咒天"，古罗马人用一个谐音字"独楞散"表示出来。听着那种音调，就觉得它仿佛是在恫吓，或是在愤怒；古人之能描写出那些和鸣铿锵的天鹅，使它们那么受人赞美，显然不是拿一些像我们驯养的这种几乎暗哑的天鹅做蓝本的。我们觉得野天鹅曾较好地保持着它的天赋美质，它有充分自由的感觉，同时也有充分自由的音调。可不是么，我们在它的鸣叫里，或者宁可说在它的嘹唳里，可以听得出一种有节奏有曲折的歌声，有如军号的响亮，不过这种尖锐的、少变换的音调运抵不上我们的鸣禽的那种温柔的和声与悠扬朗润的变化罢了。

此外，古人不仅把天鹅说成为一个神奇的歌手，他们还认为，在一切临终时有所感触的生物中，只有天好会在弥留时歌唱，用和谐的声音作为它最后叹息的前奏。据他们说，天鹅发出这样柔和、这样动人的声调，是在它将要断气的时候，它是要对生命作一个哀痛而深情的告别；这种声调，如怨如诉，低沉地、悲伤地、凄黯地构成它自己的丧歌。他们又说，人们可以听到这种歌声，是在朝暾初上，风浪既平的时候；甚至于有人还看到许多天鹅唱着自己的挽歌，在音乐声中气绝了。在自然史上没有一个杜撰的故事、在古代社会里没有一则寓言比这个传说更被人赞美、更被人重述、更被人相信的了；它控制了古希腊人的活泼而敏感的想像力：诗人也好，演说家也好乃至哲学家，都接受着这个传说，认为这事实实在太美了，根本不愿意怀疑它。我们应该原谅他们社撰这种寓言；这些寓言真是可爱，也真是动人，其价值远在那些可悲的、枯燥的史实之上；对于敏感的心灵来说，这都是些慰藉的比喻。无疑地，天鹅并不歌唱自己的死亡；但是，每逢谈到一个大天才临终前所作的最后一次飞扬、最后一次辉煌表现的时候，人们总是无限感慨地想到这样一句动人的成语："这是天鹅之歌！"

春天的遐想

世界散文精品集丛书

作者简介 ❖

安纳托尔·法朗士

（1844～1924）

法国作家、文学评论家、社会活动家。主要作品有《金色诗篇》、《波纳尔之罪》、《苔依丝》、《企鹅岛》、《诸神渴了》、《在白石上》等。1921年获得了诺贝尔文学奖。

塞纳河岸的早晨

在给景物披上无限温情的淡灰色的清晨，我喜欢从窗口眺望塞纳河和它的两岸。

我见过那不勒斯海湾的明净的蓝天，但我们巴黎的天空更加活跃、更加亲切、更加蕴蓄。它像人们的眼睛，懂得微笑、愤慨、悲伤和欢乐。此刻的阳光照耀着城内为生计忙碌的居民和牲畜。

对岸，圣尼古拉港的强者忙着从船上卸下牛角，而站在跳板上的搬运工轻快地传递着糖块，把货物装进船舱里。北岸，梧桐树下排列着出租马车和马匹，它们把头埋在饲料袋里，平静地咀嚼着燕麦；而车夫们站在酒店的柜台前喝酒，一面用眼角窥伺着可能出现的早起的顾客。

旧书商把他们的书箱安放在岸边的护墙上。这些善良的精神商人长年累月生活在露天里，任风儿吹拂他们的长衫。经过风雨、霜雪、烟雾和烈日的磨炼，他们变得好像大教堂的古老雕像。他们都是我的朋友。每当我从他们的书箱前走过，都能发现一两本我需要的书，一两本我在别处找不到的书。

一阵风刮起了街心的尘土、有叶翼的梧桐籽和从马嘴里漏下的干草末。别人对这飞扬的尘土可能毫无感触，可是它使我忆起了我在童年时代凝视过的同样的情景，使我这个老巴黎人的灵魂为之激动。我面前是何等宏伟的图景：状如顶针的凯旋门、光荣的塞纳河和河上的桥梁、蒂伊勒里宫的椴树、好像雕镂的珍品的文艺复兴时代的卢浮宫、最远处的夏约岗；右边新桥方向是令人肃然起敬的古老的巴黎——它的塔楼和高耸的尖屋顶。这一切就是我的生命，就是我自己。要是没有这些以我的思想的无数细微变化反映在我身上激励我、赐我活力的东西，我也就不存在了。因此，我以无限的深情热爱巴黎。

然而，我厌倦了。我觉得生活在一座思想如此活跃、并且教会我思想和敦促我不断思想的城市里，人们是无法休息的。在这些不断撩拨我的好奇心、使它疲惫但又永远不能使它满足的书堆里，怎么能够不亢奋、激动呢？

苏　珊

你知道，卢浮宫是一个博物馆，那里藏着许多美丽和古老的东西——这种作法很聪明，因为"古"和"美"都是同样值得敬仰的东西。博物馆里的名贵古物中有一件最感人的东西，那就是一块大理石像的断片。它有许多地方显得很破旧，但上面刻的两个手里拿着花的人却仍然可以看得很清楚。这是两个美丽女子的形象。当希腊还是年轻的时候，她们也是年轻的。人们说，那是一个完美无缺的美的时代。把她们的形象给我们留下的那位雕刻师，把她们用侧面像的形式表现了出来。她们在彼此交换莲花——当时认为是神圣的花。从这花儿的杯形蓝色花萼中，世人吸进苦难生活的遗忘剂。我们的学者们对这两位姑娘作过许多思考。为了要了解她们，他们翻过许多书——又大又厚的书、羊皮精装的书，还有许多用犊皮和

猪皮精装的书。可是他们从来没有弄清楚为什么这两个姑娘各人手里要拿着一朵花。

他们费了那么多的精力和思考、那么多辛苦的日子和不眠之夜所不能发现的东西，苏珊小姐可是一会儿就弄清楚了。

她的爸爸因为要在卢浮宫办点事，就把她也带到那儿去了。苏珊姑娘惊奇不置地观看那些古代文物，看到了许多缺胳膊、断腿、无头的神像。她对自己说："啊！对了，这都是一些成年绅士们的玩偶；我可以看出这些绅士们把他们的玩偶弄坏了，正像我们女孩子一样。"但当她来到这两位姑娘面前时，看到她们每人手里拿着一朵花，她便给了她们一个吻——因为她们是那样娇美。接着她父亲问她：

"她们为什么相互赠送一朵花？"

苏珊立刻回答说：

"她们是在彼此祝贺生日快乐。"

她思索了一下，又补充了一句：

"因为她们是在同一天过生日呀。她们两人长得一模一样，所以她们也就彼此赠送同样的花。女孩子们都应该是同一天过生日才对呀。"

现在苏珊离开卢浮宫博物馆和古希腊石像已经很远了；她现在是在鸟儿和花儿的王国里；她正在草地上的树林里度过那晴朗的春天。她在草地上玩耍——而这也是一种最快乐的玩耍。她记得这天是她的小丽雅克妮的生日，因此她要采一些花送给她，并且吻她。

作者简介 ◆

罗曼·罗兰

（1866～1944）

法国著名作家、音乐评论家、社会活动家。代表作有长篇小说《约翰·克利斯朵夫》、传记《贝多芬传》等。1915年获诺贝尔文学奖。

论创造

生命是一张弓，那弓弦是梦想。箭手在何处呢？

我见过一些俊美的弓，用坚韧的木料制成，了无节痕，谐和秀逸如神之眉。但仍无用。

我见过一些行将震颤的弦线，在静寂中战栗着，仿佛从动荡的内脏中抽出的肠线。它们绷紧着，即将奏鸣了……它们将射出银矢——那音符——在空气的湖面上拂起涟漪，可是它们在等待什么？终于松弛了。永远没有人听到乐声了。

震颤沉寂，箭枝纷散；

箭手何时来捻弓呢？

他很早就来把弓搭在我的梦想上。我几乎记不起何时我曾躲过他。只有神知道我怎样地梦想！我的一生是一场梦。我梦着我的爱，我的行动和我的思想。在晚上，当我无眠时；在白天，当我白日幻想时，我心灵中的谢海莱莎特就解开了纺纱竿；她在急于讲故事时，把她梦想的线索搅乱了。我的弓跌到了纺纱竿一面。那箭手，我的主人，睡着了。但即使在睡眠中，他也不放松我。我挨近他躺着；我像那把弓，感到他的手放在我光滑的木杆上；那只丰美的手、那些修长而柔软的手指，它们用纤嫩的肌肤抚弄着在黑夜中奏鸣的一根弦线。我使自己的颤动溶入他身体的颤动中，我战栗着，等候苏醒的瞬间，那时神圣的箭手就会把我搂入他的怀抱里。

所有我们这些有生命的人都在他掌中：灵智与身体、人、兽、元素——水与火——气流与树木——一切有生之物……

生存何足道！要生活，就必须行动。您在何处，primnsmovens？我在向您呼吁，箭手！生命之弓在您脚下阑珊地横着。俯下身来，拣起我吧！把箭搭在我的弓弦上，射吧！

我的箭如飘忽的羽翼，嗖地飞去了；那箭手把手掷回来，搁在肩头，一面注视着向远方消失的飞矢；而渐渐的，已经射过的弓弦也由震颤而归于凝止。

神秘的发泄！谁能解释呢？一切生命的意义就在于此——在于创造的刺激。

万物都期待着在这刺激的状态中生活。我常观察我们那些小同胞，那些兽类与植物奇异的睡眠——那些禁锢在茎衣中的树木、做梦的反刍动物、梦游的马、终身懵懵懂懂的生物。而我在他们身上却感到一种不自觉的智慧，其中不无一些郁悒的微光，显出思想快形成了：

"究竟什么时候才行动呢？"

微光隐没。他们又入睡了，疲倦而听天由命……

"还没到时候呢。"

我们必须等待。

我们一直等待着，我们这些人类。时候毕竟到了。

可是对于某些人，创造的使者只站在门口。对于另一些人，他却进去了。他用脚碰碰他们：

"醒来！前进！"

我们一跃而起。咱们走！

我创造，所以我生存。生命的第一个行动是创造的行动，一个新生的男孩刚从母亲子宫里冒出来时，就立刻洒下几滴精液。一切都是种子：身体和心灵均如此。每一种健全的思想是一颗植物种子的包壳，传播着输送生命的花粉。造物主不是一个劳作了六天而在休息日时休憩的有组织的工人。休息日就是主日，那伟大的创造日。造物主不知道还有什么别的日子。如果他停业创造，即使是一刹那，他也会死去。因为"空虚"会张开两颚等着他。……颚骨，吞下吧，别作声！巨大的播种者散布着种子，仿佛流泻的阳光；而每一颗洒下来的渺小的种子就像另一个太阳。倾泻吧，未来的收获，无论肉体或精神的！精神或肉体，反正都是同样的生命之源泉。"我的不朽的女儿，刘克屈拉和曼蒂尼亚……"我产生我的思想和行动，作为我身体的果实……永远把血肉赋予文字……这是我的葡萄汁，正如收获葡萄的工人在大桶中用脚踩出的一样。

因此，我一直创造着……

春天的遐想

世界散文精品集丛书

作者简介 ❖

埃米尔·安托万·布德尔

(1869～1929)

法国现实主义雕塑家。散文代表作是《论艺术与生活》。

艺术与死亡

在我人生暮年的岁月中，精神里依然保留着像往昔那样激动的反应。

不要怠慢了人生最后这段时光。

在自然界这个大舞台上，人们才是自己真正的偶像。人们总爱追溯自己的过去，可今非昔比，一个人往昔的风貌如今已荡然无存了。人们时刻铭记着生命新陈代谢的永恒规律，人终究是会死亡的。

难道有什么能够比菊花馥郁的飘香更能抚慰人的心灵吗？

在我生命旅途最后的这段时光中，我看见过去的躯壳脱落，离开了我。

我依傍在那种被人们称作棺材的粗糙而阴森的箱子边，久久地沉思。

我孤独一人，心潮澎湃，浮想联翩。在这个被钉在一起的、令人毛骨悚然的木头箱中，我更加清楚地感到了人类理想和命运之间的距离，是死神向我们昭示了理想和命运的综合。

灵魂有时真像是一口庞大而沉重的箱子，它比世界上最大的棺椁所盛的痛苦和忧伤还要多。

在我生命弥留于这个世界最后的时日里，啊！竟有那么多贴心

84

知己的朋友们用他们热情温暖的手握住了我那双嶙峋颤抖的手！

可是，从前有谁曾关注和指导过这双被大家紧紧握住的手呢？

命运，乖谬的命运，请告诉我关于你神秘莫测的规律吧！请提醒我你漂移游荡的方向吧！

爱情、痛苦、死亡，这些就是人生的大学校。

人生的暮年时期，要比童年时光消失得快得多，甚至比中年时期还要短。

人们不知道这是为什么，人们为生命如此匆匆而感到困惑和茫然，他们不知道究竟应该怎么去行动。

有谁会知道呢？

现在，在我的创作中有雄伟磅礴的高山，浩瀚无边的大海，它们都显示出了冲天的气势和巨大的力量。

我不敢相信。

空间和时间意味着什么？它们也是一种尺度吗？啊，比例，你永远至高无上。

人们看见燕子在起飞，顷刻之间辽阔的天空中到处都是回旋飞舞的燕子。

人们常说，燕子飞去还会归来。

在我晚年的时日里，我看见那些严肃而理智的燕子在我门口的三角楣上，用衔来的泥土筑成了一个漂亮精致的小巢。当春风再度吹拂、蝶舞蜂喧之时，燕子自然就会飞回。

可是我，我还能看到燕子归来、展翅飞舞的倩影吗？还能倾听到它们呢喃报春的欢音吗？可能只有时光才会知道。

逝去的人和新出生的人如同出发和归来一样，交织在一起，使人类保持着匀称和平衡，而在这种匀称和平衡中却隐潜着不幸的悲剧。

一群嘶鸣号叫的乌鸦正在排列着队形，进行殊死的鏖战，墨水瓶也无法同它们飞翔时带来的黑暗相比拟。

在我人生暮年的最后时日里，那些在光明之后投下的黑暗教给了我们明暗的对比；黑暗与希望同在，明亮与恐慌并行。

所有这些日子都纷集在那里，用殊异的目光审视我，它们每一天的面孔都各不相同。

你们对我生命所剩下的残年孤月将如何看待？我是否知道那些最终莅临的时日意味着什么？我对一切都不敢相信，有时则置若罔闻。

那曾经是些沧海横流、混战与争斗延宕不休的年代，欢乐与欢乐残酷地厮杀，忧伤与忧伤激烈地抗衡。

岁月在焦虑地、望眼欲穿地等待着，它们深信不疑的是，我会最终发现真实。我激动得周身战栗不止，难道我惧怕触碰到你吗？神秘莫测、难以驾驭的真实啊！

闪烁在过去年代的灵光业已熄灭，散落的灰烬也都飘散了，周围到处覆盖盛开着五彩缤纷的、属于我们的鲜花。

这些美丽的鲜花可能会释放出一缕带有苦味的芳香。可是，为什么会夹杂着苦涩呢？究竟什么是苦涩？什么又是甜蜜呢？

你歇斯底里地践踏了整个美丽娇媚的花园，我丧心病狂地掠夺了整个花园的果实，我整个灵魂都向往着美丽的女人，我在如痴如狂的爱情中创作着人的艺术。

这一切都被我牢牢地掌握在手中，这一切是不是梦幻的灰烬呢？不，绝不是。

"艺术在我们生命的死亡中延宕发展……"

作者简介 ❖

布莱兹 · 帕斯卡尔

（1623～1662）

法国 17 世纪数学家、物理学家、哲学家，同时也是科学家和散文家。代表作《帕斯卡尔思想录》被认为是法国古典散文的奠基之作。

人是能够思想的芦苇

思想形成人的伟大。

人只不过是一根苇草，是自然界最脆弱的东西；但他是一根能思想的苇草。用不着整个宇宙都拿起武器来才能毁灭，一口气、一滴水就足以致他死命了。然而，纵使宇宙毁灭了他，人却仍然要比致他于死命的东西更高贵得多；因为他知道自己要死亡，以及宇宙对他所具有的优势，而宇宙对此却是一无所知。

因而，我们全部的尊严就在于思想。正是由于它而不是由于我们所无法填充的空间和时间，我们才必须提高自己。因此，我们要努力好好地思想，这就是道德的原则。

能思想的苇草——我应该追求自己的尊严，绝不是求之于空间，而是求之于自己的思想的规定。我占有多少土地都不会有用，由于空间，宇宙便囊括了我并吞没了我，有如一个质点；由于思想，我却囊括了宇宙。人既不是天使，也不是禽兽；但不幸就在于想表现为天使的人却表现为禽兽。

思想——人的全部的尊严就在于思想。

因此，思想由于它的本性，就是一种可惊叹的、无与伦比的东西。它一定得具有出奇的缺点才能为人所蔑视。然而它又确实具有，

所以再没有比这更加荒唐可笑的事了。思想由于它的本性是何等地伟大啊！思想又由于它的缺点是何等地卑贱啊！

然而，这种思想又是什么呢？它是何等地愚蠢啊！人的伟大之所以为伟大，就在于他认识自己可悲。一棵树并不认识自己可悲。因此，认识（自己）可悲乃是可悲的；然而认识我们之所以为可悲，却是伟大的。

这一切的可悲其本身就证明了人的伟大。它是一位伟大君主的可悲，是一个失了位的国王的可悲。我们没有感觉就不会可悲，一栋破房子就不会可悲，只有人才会可悲。

人的伟大——我们对于人的灵魂具有一种如此伟大的观念，以致我们不能忍受它受人蔑视，或不受别的灵魂尊敬，而人的全部的幸福就在于这种尊敬。

人的伟大——人的伟大是那样地显而易见，甚至于从他的可悲里也可以得出这一点来。因为在动物是天性的东西，我们人则称之为可悲；由此我们便可以认识到，人的天性现在既然有似于动物的天性，那么他就是从一种为他自己一度所固有的更美好的天性里面堕落下来的。

因为，若不是一个被废黜的国王，有谁会由于自己不是国王就觉得自己不幸呢？人们会觉得保罗·哀米利乌斯不再任执政官就不幸了吗？正相反，所有的人都觉得他已经担任过了执政官乃是幸福的，因为他的情况就是不得永远担任执政官。然而人们觉得柏修斯不再做国王却是如此之不幸，——因为他的情况就是永远要做国王，——以致人们对于他居然能活下去感到惊异。谁会由于自己只有一张嘴而觉得自己不幸呢？谁又会由于自己只有一只眼睛而不觉得自己不幸呢？我们也许从不曾听说过由于没有三只眼睛便感到难过的，可是若连一只眼睛都没有，那就怎么也无法慰藉了。

在已经证明了人的卑贱和伟大之后——现在就让人尊重自己的价值吧。让他热爱自己吧，因为在他身上有一种足以美好的天性；

可是让他不要因此也爱自己身上的卑贱吧。让他鄙视自己吧，因为这种能力是空虚的；可是不要让他因此也鄙视这种天赋的能力。让他恨自己吧，让他爱自己吧。他的身上有着认识真理和可以幸福的能力，然而他却根本没有获得真理，无论是永恒的真理，还是满意的真理。

因此，我要引人竭力寻找真理并准备摆脱感情而追随真理（只要他能发现真理），既然他知道自己的知识是彻底地为感情所蒙蔽；我要让他恨自身中的欲念，——欲念本身限定了他，——以便欲念不至于使他盲目做出自己的选择，并且在他做出选择之后不至于妨碍他。

春天的遐想

作者简介 ◆

列夫·托尔斯泰

（1828～1910）

俄国作家。著名作品有《童年》、《复活》、《战争与和平》、《安娜·卡列尼娜》等。

谈艺术

一部艺术作品是好或坏，取决于艺术家说什么，怎样说，所说的又是在多大程度上出自内心的。

为了使艺术作品完美，需要艺术家所说的是崭新的，对一切人而言是重要的，需要表现得十分优美，需要艺术家说的是出于内心的要求，并因此说的是完全真实的。

为了使艺术家说的是崭新的和重要的，这就需要艺术家是有道德修养的人，因此不是过自私的生活，而是人类共同生活的参与者。

为了使艺术家所说的能够表现得优美，需要艺术家能够掌握自己的技巧，以致在写作时，很少想到这技巧的规则，正如一个人在行走时很少想到力学的规则那样。

为了做到这一点，艺术家任何时候也不应反复打量自己的工作，不应欣赏它，不应把技巧当做自己的目标，正如行走的人不应想到自己步态并欣赏它那样。

艺术家为了能表现心灵的内在需要，并因此由衷地说他所想说的，他应该，第一，不要关心许多细琐小事，以免妨碍他真正地去爱那值得爱的东西；第二，必须自己去爱，以自己的心灵而不是以别人的心灵去爱，不是假惺惺地去爱别人认可或认为是值得爱的东西。为了做到这一点，艺术家应该像巴兰那样，当使臣们来见过他以后，他独自到一旁去等待上帝的旨意，为了只说上帝所晓谕的。但艺术家不应做同一个巴兰为礼物所诱惑时所做的事，当时他违背上帝的旨意，去见国王，连他所骑的驴都看清楚的，他却看不见，他被利欲和虚荣心迷住了。

下列三类艺术作品每一类所达到的完美程度，决定着一些作品与另一些作品的优点的差别。作品可以是（一）意义重大的，优美的，不太真诚的和真实的；可以是（二）意义重大的，不太美的，不太真诚的和真实的；可以是（三）意义不大的，优美的，真诚的，真实的，以及其他各种各样的组合。

所有这样的作品都有自己的优点，但都是能被认为是尽善尽美的艺术作品。只有内容意义重大、新颖、表现得十分优美，艺术家对自己的对象的态度又十分真诚，因此是十分真实的，只有这样的作品才是尽善尽美的艺术作品。这类作品无论过去和将来总是罕见的。至于其余一切作品，当然是不大完美的，按照艺术的三个基本条件主要分为三类：（一）就内容的意义重大而言是卓越的作品；（二）就形式的优美而言是卓越的作品；（三）就其真诚和真实性而言是卓越的作品，但这三者中，每一类在其他两方面都没有达到同样的完美。

所有这三类加在一起接近于完美的艺术，凡有艺术的地方都无可避免地存在着这三类。青年艺术家的作品往往以态度真诚取胜，内容却很空洞，形式则或多或少是优美的；老年艺术家则正好相反；勤奋的职业艺术家的作品以形式见长，却往往缺乏内容和真诚的态度。

按照艺术这三个方面又分为三种主要的错误的艺术理论。依这些理论来看，没有兼备这三种条件、从而位于艺术边缘的作品不仅被认为是作品，而且被视为是艺术的典范。这些理论之一认为，艺术作品的优点主要有赖于内容，哪怕它缺乏优美的形式和真诚的态

度。这是所谓倾向性的理论。

另一种理论认为，艺术作品的优点有赖于形式，哪怕它的内容空洞，艺术家对作品的态度也不真诚。这是为艺术而艺术的理论。

第三种理论认为，全部问题在于真诚、真实，哪怕内容空洞，形式不完美，只要艺术家喜爱他所表现的东西，作品就会是艺术性的。这种理论被称为现实主义理论。

基于这些错误的理论，艺术作品就不再像往昔那样，在一代人生活的时期内，每一领域只出现一二种，而是每年在每个首都（有许多游手好闲者的地方），艺术的所有领域都出现千千万万所谓的艺术作品。

在当代，要从事艺术创作的人并不等待他心中出现自己真正喜爱的、重要而新颖的内容，并因为喜爱才赋予它以合适的形式，而是或者依照第一种理论，撷取当时流行的和他心目中的聪明人所赞美的内容，并尽可能赋予它以艺术的形式；或者依照第二种理论，选取他最能表现技艺的那种对象，竭尽全力耐心地制造出他所表现的艺术作品；或者依据第三种理论，在获得愉快的印象时，就撷取他所喜欢的东西作为作品的对象，以为这会是艺术作品，因为这作品是他喜欢的。于是出现了难以胜数的所谓的艺术作品，它们可以像任何工匠的产品那样片刻不停地被制造出来，因为在社会上总会有流行的时髦见解，只要有耐心总能学会任何技巧，随便什么东西总会有人喜欢。

由此产生了当代的奇怪状况，指望成为艺术作品的作品充斥于整个世界，它们和工匠的产品的区别只在于，它们不仅毫无用处，而且往往恰好是有害的。

由此又产生一种离奇的现象，它明显地表明了艺术概念的紊乱，比如对于一部所谓的艺术作品，没有同时不存在两种截然相反的意见的，这两种意见又都来自同样有教养、有权威的人士。由此还产生一种令人惊异的现象，即大多数人沉湎于最愚蠢、最无益而且常常是不道德的活动，也就是制造并阅读书籍，制造并观看绘画，制造并欣赏音乐剧、话剧和协奏曲，而且完全真诚地相信，他们做的是一件十分聪明、有益和高尚的事。

当代人仿佛对自己说，艺术作品是好的和有益的，因此必须更多地把它们制造出来。确实，如果它们更好些，当然很好。不幸的是，他们定做出来的只能是一些由于缺乏艺术的三个全部条件，或因三个条件的分离而降低到工匠产品的水平的作品。而兼备全部三个条件的真正艺术作品是不能定做的，其所以不能是因为艺术作品源自艺术家的精神境界，而艺术家的精神境界是知识的最高表现，是人生奥秘的启示。既然这种精神境界是最高的知识，那就不可能有另一种能够指导艺术家掌握这种最高知识的知识。

春天的遐想

世界散文精品集丛书

作者简介 ❖

高尔基

（1868～1936）

俄国作家。主要作品有剧本《小市民》、《底层》、《仇敌》，长篇小说《母亲》、《阿尔塔莫诺夫家事》，自传体三部曲《童年》、《在人间》、《我的大学》，回忆录《列夫·托尔斯泰》、《列宁》，文学论著《论犬儒主义》、《个人的毁灭》、《俄国文学史》等。

谈谈我怎样学习写作 （节选）

　　我现在来回答这个问题：我怎样学习写作的？我既直接从生活中得到印象，也从书本中得到印象。前一类印象可以和原料相比，后一类印象可以和半成品相比，或者，为了说得更明确一些而打一个粗浅的比方：在前一种场合，我面前是一头牲畜，而在后一种场合，则是从牲畜身上剥下来的一张经过精制的皮革。我从外国文学，尤其是从法国文学中得到了很多益处。

　　我的外祖父是一个残暴而又吝啬的人，但是我对他的认识和了解，从没有像我在读了巴尔扎克的长篇小说《欧也妮·葛朗台》之后所认识和了解的那样深刻。欧也妮的父亲葛朗台老头子，也是一个吝啬、残酷、大体上同我的外祖父一样的人，但是他比我的外祖父更愚蠢，也没有我的外祖父那样有趣。由于同法国人作了比较，我所不喜欢的那个俄国老头子就占了上风并高大起来了。这虽然没有改变我对外祖父的态度，但它却是一个大发现——书本具有一种能给我指出我在人的身上所没有看见和不知道的东西的能力。

　　乔治·艾略特的一本枯燥无味的小说《米德尔玛奇》，阿威尔巴赫、斯比尔哈根的作品，告诉我在英国和德国的省份里，人们并不是完全像我们尼日尼—诺弗戈罗德城的史威斯丁斯卡亚大街上的人们一样地生活着，但是他们的生活也不见得就好得多。他们讲着同样的事情，讲着英国和德国的钱币，讲着必须敬畏和爱戴上帝；可是他们也像我所住的那条大街上的人们一样，——大家并不相亲相爱，尤其不喜欢那些跟他们周围大多数人有点不同的特殊人物。我并没有寻找外国人和俄国人之间的相似之处，不，我寻找的是他们的差异，但却发现了他们的相似之处。我的外祖父的朋友，破产的商人伊凡·休罗夫和雅科夫·科杰尔尼可夫，与萨克雷的名著《名利场》中的人物一样的口吻议论着同样的事情。我根据《圣诗集》学习读书写字，我非常喜欢这本书，——因为它具有一种优美的音乐般的语言。当雅科夫·科杰尔尼可夫、我的外祖父和所有的老头子互相埋怨自己的儿女的时候，我就想起大卫王在上帝面前埋怨自己的逆子押沙龙的话，而且我觉得老头子们在互相证明如今一般的人，特别是青年，生活得愈来愈糟，变得更加愚蠢、更加懒惰，不肯听话，也不敬神的时候，他们所说的都是一派谎言。狄更斯描写的那些伪善的人物也是这样说的，我曾经仔细地听过教派的学者和正教的神父们的争论，我发现他们双方都同其他国家的教会人士一样紧紧地抓住词句不放；对于所有的教会人士说来，词句就是约束人的羁绊；而有些作家则跟教会人士十分相像。我很快地就在这种相似当中感觉到一种可疑但却有趣的东西。

我从前读书当然没有什么系统和次序，完全是碰到什么读什么。我的主人的兄弟维克多·谢尔盖耶夫喜爱阅读法国作家克沙维爱·德·蒙特潘、加保里奥、查孔奈、布维爱的"低级趣味"的小说。读了这些作家的作品后，他接触到那些带着讥笑和敌视的态度来描写"虚无党人、革命家"的俄国小说。我也阅读了弗·克烈斯托夫斯基的《盲目追随的一群人》，斯契勃尼茨基·列斯科夫的《无处可去》和《结怨》，克留什尼科夫的《海市蜃楼》，皮谢姆斯基的

《澎湃的海》。当我读到那些和我的生活圈子里的人毫不相似的人的时候，我感到很有趣，这些人可以说是那个邀我和他同去"游逛"的犯人的亲戚。当时，这些人的"革命性"自然还不是我所能理解，而这也正是这些作者的目的，他们尽用一些煤烟来描写"革命家"。

偶然落到我手中的是波米亚洛夫斯基的《莫洛托夫》和《小市民的幸福》这两篇短篇小说。当波米亚洛夫斯基给我指出小市民生活的"难堪的贫乏"和小市民"幸福的贫乏"的时候，我虽然只是模糊地觉得，但却仍然感到忧郁的"虚无党人"总比安逸的莫洛托夫好一点。读了波米亚洛夫斯基的作品以后不久，我又读了查鲁宾的一部最枯燥无味的书——《俄国生活的黑暗面和光明面》，我在书中没找到光明面，可是黑暗面在我看来是容易理解而且讨厌的。我读过无数的坏书，然而它们对我也有益处。应该知道生活中的坏的事物，像知道好的那样清楚和准确。应该尽可能知道得多些。经验越是多种多样，人就越得到提高，人的眼界就越广阔。

外国文学曾给我丰富的用来比较的材料，它的卓越的技巧使我惊奇。它把人物描写得那样生动和优美，以致我觉得仿佛是肉体上都可以感触到他们，而且我认为他们总比俄国人更积极些，——他们讲话少，做事多。

"优秀的"法国文学——司汤达、巴尔扎克、福楼拜的作品对我这个作家的影响，具有真正的、深刻的教育意义；我特别要劝"初学写作者"阅读这些作家的作品。这是些真正有才能的艺术家，最伟大的艺术形式的大师，俄国文学还没有这样的艺术家。我读的是俄文译本，然而这并没有妨碍我体会到法国人的语言艺术的力量。在读了许多"低级趣味"的长篇小说，在读了玛伊恩·李德、古柏、库斯塔夫·埃玛尔、彭松·杜·台拉伊尔的作品以后，这些伟大艺术家的小说在我心里引起了一种奇异的印象。

我记得，我在圣灵降临节这一天阅读了福楼拜的《一颗纯朴的心》，黄昏时分，我坐在杂物室的屋顶上，我爬到那里去是为了避开那些节日的兴高采烈的人，我完全被这篇小说迷住了，好像聋了和瞎了一样，——我面前的喧嚣的春天的节日，被一个最普通的、没有任何功劳也没有任何过失的村妇——一个厨娘的身姿所遮掩了。很难明白，为什么一些我所熟悉的简单的话，被别人放到描写一个厨娘的"没有兴趣"的一生的小说里去以后，就这样使我激动呢？在这里隐藏着一种不可思议的魔术，我不是捏造，曾经有好几次，我像野人似的，机械地把书页对着光亮反复细看，仿佛想从字里行间找到猜透魔术的方法。

我熟悉好几十本描写秘密的和流血的罪行的小说。然而我阅读司汤达的《意大利纪事》的时候，我又一次不能了解：这种事怎么做得出来呢？这个人所描写的本是残酷无情的人、复仇的凶手，可是我读他的小说，好像是读《圣者列传》或者听《圣母的梦》——一部关于她在地狱中看到人们遭受的"苦难的历程"的故事。

当我在巴尔扎克的长篇小说《驴皮记》里，读到描写银行家举行盛宴和二十来个人同时讲话因而造成一片喧声的篇章时，我简直惊愕万分，各种不同的声音我仿佛现在还听见。然而主要之点在于，我不仅听见，而且也看见谁在怎样讲话，看见这些人的眼睛、微笑和姿势，虽然巴尔扎克并没有描写出这位银行家的客人们的脸孔和体态。

一般说来，巴尔扎克和其他法国作家都精于用语言描写人物，善于使自己的语言生动可闻，对话纯熟完善，——这种技巧总是使我惊叹不已。巴尔扎克的作品好像是用油画的颜料描绘的，当我第一次看见卢本斯的绘画时，我想起的就正是巴尔扎克。当我阅读陀思妥耶夫斯基的疯狂似的作品时，我不能不想到他正是从这位伟大的长篇小说巨匠那里获得很多教益。我也喜欢龚古尔兄弟的像钢笔画那样刚劲、清晰的作品以及左拉用暗淡的颜料描绘的晦暗的画面。

从以上所说的关于各种作品的全部意见中可以得出这样一个结论：我是向法国作家学习写作的。这虽然是偶然造成的，可是我想

春天的遐想

这并不是坏事，因此我很愿意奉劝青年作家学习法语，以便阅读这些巨匠的原著，并向他们学习语言的艺术。

我在相当晚的年代才阅读"优秀的"俄国文学——果戈理、托尔斯泰、屠格涅夫、冈察洛夫、陀思妥耶夫斯基、列斯科大的作品。列斯科夫的惊人的知识和丰富的语言，无疑曾影响了我。一般说来，这是一个杰出的作家和精通俄国生活的专家，这个作家对我国文学的功绩还未得到应有的评价。契诃夫说过，他从列斯科夫那里得到许多教益。我想，阿·列米佐夫大概也会这么说的。

我之所以指出这些相互的关系和影响，为的是要重说一遍：一个作家必须具有外国文学和俄国文学发展史的知识。

作者简介 ◆

邦达列夫

（1924～ ）

俄国作家。主要作品有长篇小说《两个营请求炮火支援》、《最后的炮轰》、《寂静》、《热的雪》和《岸》等。散文集《瞬间》。

一瞬间

她紧紧依偎着他，说道：

"天啊，青春消逝得有多快……我们可曾相爱还是从未有过爱情，这一切怎么能忘记呢？从咱俩初次相见至今有多少年了——是过了一小时，还是过了一辈子？"

灯熄了，窗外一片漆黑，大街上那低沉的嘈杂声正在渐渐地平静下来。闹钟在柔和的夜色中滴答滴答地响个不停，钟已上弦，闹钟拨到了早晨六点半（这些他都知道），一切依然如故。

眼前的黑暗必将被明日的晨曦所代替，跟平日一样，起床、洗脸、做操、吃早饭、上班、工作……

突然，他有一种奇怪的感觉，似乎这脱离人的意识而日夜运转的时间车轮停止了转动，他仿佛飘飘忽忽地离开了家门，滑进了一个无底的深渊。那儿既无白昼，也无夜晚，更无光亮，一切都无须记忆。他觉得自己已变成了一个失去躯体的影子，一个看不见、摸不着的隐身人，没有身长和外形，没有过去和现在，没有经历、欲望、夙愿、恐惧，也不知道自己已经活了多少年。

刹那间他的一生都被浓缩了，结束了。

他不能追忆流逝的岁月、发生的往事、实现的愿望，不能回溯青春、爱情、生儿育女以及体魄健壮带来的欢乐。过去的日子突然烟消云散，无踪无影，他不能憧憬未来——一粒在浩瀚的宇宙中孤零零的、注定要消失在黑暗空间的沙土是否也有同样的感受呢？

然而，这毕竟不是一粒沙土的瞬间，而是一个上了年纪的人在他心衰力竭的刹那间的感觉。由于他领会并且体验了老年和孤寂向他启开大门时的痛苦，一股难以忍受的怜悯之情油然而生，他怜悯自己，怜悯这个他深深爱恋的女人。他们朝夕相处，分享人生的悲欢，没有她，他不可能设想自己将如何生活。他想到，妻子一向沉着稳重，居然也叹息光阴似箭，看来失去的一切不仅仅是与他一人有关。

他用冰冷的嘴唇亲吻了她，轻轻地说了一句："晚安，亲爱的。"

他闭眼躺着，轻声地呼吸着，他感到可怕。那通向暮年深渊的大门敞开的一瞬间，他想起了死亡来临的时刻——而他的失去对青春记忆的灵魂也就将无家可归，漂泊他乡。

白 草

我们的河上有一些那样幽静偏僻的地方，如果穿过树木互相纠结、而且到处长满荨麻、简直无法通行的密林，坐到水边，那么你会觉得自己是处于一个孤独的、完全与世隔绝的世界。

以最草率的目光来看，现在世界仅仅是由两部分构成的：绿荫和水。然而就连水里，映照在它那整个镜面上的，也同样是一片绿荫。

现在让我们一点一点地扩大我们的注意力。于是几乎与看到水和绿荫的同时，我们看到，不管河道多么狭窄，也不管树枝怎样在河床上方纵横交错、密密地纠结在一起，但在创造我们这个小天地的过程中，天空仍然起了一定的作用，而且这作用并不是微不足道的。它时而是灰色的，——这是在天刚蒙蒙亮的时候，时而在灰色中透露出一点儿玫瑰红，而在庄严的日出之前，它又变成了一片鲜红色，有时它又是金中透蓝，最后变成一片蔚蓝，在盛夏季节晴朗的日子里，它就应该是这个样子。

注意力再继续扩大一些，于是我们清清楚楚地分辨出：我们觉得似乎只不过是一片绿荫的一切，完全不只是单纯的绿色，而是一些可以细细区分的、十分复杂的东西。真的，如果在水边铺开一块平坦的绿色帆布——那才真叫美哩，那才真是妙不可言，望着这平坦的绿色帆布，我们真要情不自禁地赞叹说："这真是地上天堂啊。"

从树上伸出一根炭一般黑的弯弯曲曲的老树枝，悬挂在水面上。当初它也曾在风雨中喧哗，而现在却已默默无声。它那春天的嫩叶也曾被雨点打得簌簌颤抖，而现在它已不再颤栗它已经把闪闪发光的鲜黄的叶子统统撒落到水里，把它们挥霍光了。炭一般的黑影倒映在水上，只是在遇到睡莲的圆叶的地厅，才会被莲叶切断。

这些睡莲叶的绿色和四周映在水面上的树阴大不相同，也不可能和它们融成一片。

稠李的未来的浆果，个儿已经长足了。现在它们光滑而又坚硬，简直是用绿色的骨头雕成，再磨光了似的。

爆竹柳的叶子，有时让人看到它翠绿的正面，有时却翻转来，露出无光泽的银白色的背面，因此整棵爆竹柳，它的整个树冠，可以说，在总画面上看上去好像一个明亮的斑点。

水边长着野草，它们都朝一边弯着腰。但后面的草却似乎踮起脚尖，竭力伸着脖子，哪怕是从同伴们的肩后探出头去，但一定要看到水。这里有荨麻，也有一些很高的伞形野花，我们这儿谁也不知道它们叫什么。

但为美化我们这个与世隔绝的小天地出力最大的，是一种高大的、开白花的草本植物，它的花华丽极了。也就是说，每一朵单独的小花都很小，简直不易察觉，但每一根草茎上，花部多得不计其数，形成一顶十分华丽、稍有点儿发黄的白色花冠。因为这种草从来都不是一棵一棵地单独生长，所以华丽的花冠汇合在一起，简直像一片白云凝聚在静止不动的林间草地上，睡意正浓，还有一个原因，使人不可能不注意它，不可能不欣赏它；只要太阳一把它晒暖，就有一团团看不见的轻烟，一阵阵浓郁的蜜香，像无形的花朵，从这白色的花之云上飘向四面八方。

看着大片大片华丽的白花，我常常想，这是一种多么荒谬的情况啊。我是在这条河上长大的，在学校里也教会了我一些东西；每次我都看到这些花，不仅是看到，而且能从其他花中认出它来；可是要是问我，它们叫什么，我却不知道。不知为什么，一次也没听到其他也是在此地长大的人提到过它叫什么。

蒲公英、母菊、矢车菊、车前草、风铃草、铃兰——对这些，我们的知识还够用。我们还能叫得出它们的名字。不过，为什么立刻就下结论呢，也许，只有我一个人不知道吧？不，不管我指着白花问村里的什么人，农民们都摊开双手说："谁知道呢。它们长在河边，树林中的谷地里，凡是比较潮湿的地方，都多得很。可是叫什么……你干嘛要问它呢？花就是花，既用不着收割，也用不着脱粒，也用不着向国家交售，不是吗？就是没有名字，闻闻它还是可以的。"

我要说，一般来说，我们对于大地上周围的一切都有点漠不关心。不，不，当然啦，我们都喜欢说，我们爱大自然，无论是这些小树林，小丘，泉水，还是夏天半空中红艳艳的温暖的晚霞，我们都爱；啊，当然啦，还有采集一束鲜花。啊，当然啦，还有倾听鸟鸣，当森林里还是一片墨绿，黑得几乎让人感到凉意的时候，侧耳倾听在金色的林端卖弄歌喉的小鸟的啁啾声。还有去采蘑菇，钓鱼，还有就这样躺在草地上，仰望空中飘浮的白云。

"喂，现在你这样无忧无虑，怡然自得地躺在草上，这种草叫什么啊?"

"什么叫什么? 草啊, 那里……大概是什么冰草, 要不就是蒲公英。"

"这儿哪有什么冰草啊? 这儿根本没有任何冰草。你再仔细看看。就在身子底下长着二十来种各式各样的草, 它们每一种都有自己的名称, 不是吗。咱就不说它们当中每一种都有什么让人感兴趣的地方了: 要么是它的生活方式, 要么是因为它能治病。不过这已经似乎是我们的智慧无法理解的奥秘了。这些就让专家去研究吧。可是不妨知道它们叫什么名称啊, 仅仅是普通的名称。"

从四月起直到开始出现霜冻, 在我们树林里到处都有的二百五十种蘑菇 (顺便说说除了很少几种以外, 几乎都是可以吃的), 我们认得出、叫得出名称来的, 未必有四分之一。

关于鸟, 我就不谈了。有谁能够肯定地告诉我, 这三只鸟中哪一只是欧鸲——反舌鸟, 哪一只是鸲鹩, 哪一只是白腹鸫呢? 当然啦, 会有人能断定的, 但是不是每一个人都能哪? 是不是三个人里就有一个人, 是不是十五个人里就有一个人能够肯定呢——问题就在这里。

……在莫斯科遇到了我的朋友和同乡 (邻村的人) 沙夏·柯西岑, 我们立刻回忆起我们的故乡来, 我们回忆起叫作"母鹤"的森林, 回忆起那条叫作沃尔夏的小河, 还有消失在"母鹤"中的多尔吉深渊。

"人们最喜欢'母鹤'里面的芳香," 沙夏·柯西岑愉快地眯起眼来, 回忆说, "随便哪里, 随便在哪一条河上, 随便在哪一片森林里, 我都没闻到过这样的香味。不能单独地分别说, 是荨麻的香味, 或者是薄荷的清香, 要么是这个……它……嗯你知道的, 那种白草……很华丽的, 嗯, 你知道我说的是什么……"

"我知道你说的是什么, 不过我自己有一百次打算问你, 这种草叫什么。原来你把它的名字忘了。"

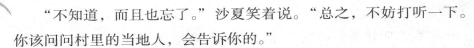

“不知道，而且也忘了。”沙夏笑着说。“总之，不妨打听一下。你该问问村里的当地人，会告诉你的。”

“难道我没问过吗？问过好多次了。”

“我想起来了，得去问我父亲。不是吗，他当过四年护林员，他什么都知道。规定要让他们，让护林员收集各种树籽和其他植物的种子。他在看这方面的书。对，对，你和我父亲可不能开玩笑。要知道，在这方面，他什么都知道得一清二楚。至于这种草——那还用说吗。我们住的那座看林小屋周围，简直就是个植物园。”有一年夏天我和沙夏在村里见了面，他那位无所不知，无所不晓的父亲就在附近，甚至经常和我们坐在一张桌子旁边，我们却把我们那种香草给忘了。冬天我们在莫斯科又想起了它。我们悔之莫及：瞧，你可能打听出来了，却忘了问。第二年一定要问问这位从前的护林员。我们急不可耐，甚至急到了这种程度，想要赶快写封信去，甚至想发一封电报。

但我们想起白草，通常都是在晚上很晚的时候，不是在家里，而是在作客，在吃晚饭的时候，要不然就是在饭馆里，当我们沉醉于特别富有诗意的那一瞬间，特别鲜明地回忆起“母鹤”和沃尔夏的时候，大概只有这一点，才可以解释，为什么我们在三年当中既没有写信，也没有拍过电报吧。

有一次，我们所盼望的一切条件都凑齐了：我和沙夏碰在一起，巴维尔·伊万诺维奇就在我们身边，我们也想起了我们那直像谜一样神秘的白草。

“对，对，对，”巴维尔·伊万诺维奇精力充沛地连声说，“怎么！难道我会不知道这种草吗？它的茎中间还是空的。有时候，口渴得很，想要喝水，可是泉水在很深的雨水沟里。你马上砍下一根一米长的草茎，用它来吸水喝。它的叶子有点儿像马林果的叶子。花是白的，而且十分华丽。香味那个浓啊！有时候，你坐在河边钓鱼，百步以外就能闻到香味。怎么，难道我不知道这种草吗?! 你呀，沙夏，难道你不记得了吗，河岸——我们的护林人小屋周围长了多少啊？割都割不完。"

"那么别折磨人了，你说，它叫什么。"

"白草。"

"我们知道它是白的，可是它的名称叫什么呀。"

"你们还要什么名称呢？比方说吧，我就经常管它叫白草而且我们这儿大家也都是这样叫法。"

我和沙夏笑了，虽然，我是这样想的，这位经验丰富的巴维尔·伊万诺维奇并不完全理解我们笑的原因。白草——突然觉得好笑。你试试看，猜一猜这时候他们在笑什么吧。

作者简介 ❖

普里什文

（1873～1954）

俄国作家。作品有《跟随神奇的小圆面包》、《在隐没之城的墙边》、《黑阿拉伯人》、《别列捷伊之泉》、《大自然的日历》、《仙鹤的故乡》、《人参》、《没有披上绿装的春天》、《叶芹草》、《林中水滴》、《太阳宝库》、《大地的眼睛》、《船木松林》等。

它们多么美好

乌　鸦

我试枪的时候，打伤了一只乌鸦——它飞了几步路，落在一棵树上。其余的乌鸦在它上空盘旋一阵，都飞走了，但有一只降了下来，和它停在一起。我走近，近得一定会把那只乌鸦惊走。但是那一只仍然留着。这该如何解释呢？莫非那乌鸦留在伤者身旁，是出于彼此有某种关系的感情吗？就好像我们人常说的，出于友谊或者同情？也许，这受伤的乌鸦是女儿，所以为娘的就照例飞来保护孩子，正像屠格涅夫所描写的那只母麻雀奔来救它那小麻雀。这种感人的事情，在鸦鸡目动物中是屡见不鲜的。

可是转念一想，眼前是食肉的乌鸦呀，我脑子里不禁又有了这样不愉快的想法：那停落在伤者身边的第二只乌鸦，也许是嗅到了血腥味，醺醺然一心妄想马上能饱餐一顿血食，所以就挨近死定了的乌鸦，强烈的私心使它丢不开垂危的同类。

如果第一个想法有"拟人观"，也就有把人类感情搬到乌鸦身上去的危险，那么第二个想法就有"拟鸦观"的危险，也就是说，既然是乌鸦，就一定是食肉者无疑了。

松鼠的记性

我在想着松鼠：如果有大量储备，自然是不难记住的，但据我们此刻寻踪觅迹来看，有一只松鼠却在这儿的雪地上钻进苔藓，从里面取出两颗去年秋天藏的榛子，就地吃了，接着再跑十米路，又复钻下去，在雪地上留下两三个榛子壳，然后又再跑几米路，钻了第三次。绝不能认为它隔着一层融化的冰雪，能嗅到榛子的香味。显然它是从去年秋天起，就记得离云杉树几厘米远的苔藓中藏着两颗榛子的……而且它记得那么准确，用不着仔细估计，单用目力就肯定了原来的地方，钻了进去，马上取了出来。

初 雪

昨天晚上没来由地飘下了几片雪花，仿佛是从星星上飘下来的，它们落在地上，被电灯一照，也像星星一般烁亮。到早晨，那雪花变得非常娇柔，轻轻一吹，便不见了。但是要看兔子的新足印，也足够了。我们一去，便轰起了兔子。

今天来到莫斯科，一眼发现马路上也有星星一般的初雪。而且那样轻，麻雀落在上面，一会儿又飞起，这时候，它的翅膀上便飘下一大堆星星来。而马路上不见了那些星星以后，便露出一块黑斑，老远可以看见。

茶 炊

有时心中是这样的恬静，这样的莹澄。你以这种心境去观察任何一个人，如果他漂亮，你就会赞美，如果他丑陋，你就会惋惜。那时，你无论是遇上什么物件，都会感觉到那里面有把它创造出来的人的心。

此刻我在摆弄茶炊，这是我使用了三十年的一个茶炊。我亲爱

的茶炊这时候显得格外欢快，我小心地侍弄，免得它沸腾起来的时候，淌下眼泪。

三个兽洞

今天在一个獾洞旁边，我想起了卡巴尔迭诺——巴尔卡里亚在黄峭壁上的三个兽洞。我曾在那儿把沙地上的足迹细细考察了一番，得知了獾、狐狸和野猫同居的一个极有趣的故事。

獾为自己挖了一个洞，狐狸和野猫却来和它同居。不干净的狐狸浑身恶臭，不久就把獾和野猫撵了出去。獾只得在稍高的地方再挖一个洞，和野猫住在一起，那臭狐狸仍旧留在老洞里。

梭　鱼

一条梭鱼落进我们安设的网里，吓呆了，一动也不动，像根树枝。一只青蛙蹲在它背上，贴得那么紧，连用小木棒去拨，半天也拨不下来。

梭鱼果然是灵活、有力、厉害的东西，可是只要停下来，青蛙就立刻爬了上去。因此，大概作恶的家伙是从来也不肯停手的。

田　鼠

田鼠打了一个洞，把眼睛交还给了大地，并且为了便于挖土，把脚掌翻转过来，开始享受地下居民的一切权利，按着大地的规矩过起日子来。可是水悄悄地流过来，淹没了田鼠的家园。

水为什么要这样做呢？它根据什么规矩和权利可以偷偷逼近和平的居民，而把它赶到地面上去呢？

田鼠筑了一道横堤，但在水的压力下，横堤崩溃了，田鼠筑了第二次，又筑了第三次；第四次没有筑成，水就一涌而至了，于是它费了好大的劲，爬到阳光普照的世界上来，全身发黑，双目失明。它在广阔的水面上游着，自然，没有想到抗议，也不可能想到什么抗议，不可能对水喊道"看你"，像叶甫盖尼对青铜骑士喊的那样。那田鼠只恐惧地游着，没有抗议；不是它，而是我这个人、火种盗取者的儿子，为它反对奸恶的水的力量。

是我这个人，动手筑防水堤。我们人汇集来很多，我们的防水堤筑得又大、又坚固。

我那田鼠换了一个主人，从今不依赖于水，而依赖于人了。

啄木鸟

我看见一只啄木鸟，它衔着一颗大云杉球果飞着，身子显得很短（它那尾巴本来就生得短小）。它落在白桦树上，那儿有它剥云杉球果壳的作坊。它啃衔云杉球果，顺着树干向下跳到了熟悉的地方。可是用来夹云杉球果的树枝叉处还有一颗吃空了的云杉球果没有扔掉，以致新衔来的那颗就没有地方可放了，而且它又无法把旧的扔掉，因为嘴并没闲着。

这时候，啄木鸟完全像人处在它的地位应该做的那样，把新的云杉球果夹在胸脯和树之间，用腾出来的嘴迅速地扔掉旧的，然后再把新的搬进作坊，操作了起来。

它是这么聪明，始终精神勃勃，活跃而能干。

林中小溪

如果你想了解森林的心灵，那你就去找一条林中小溪，顺着它的岸边往上游或者下游走一走吧。刚开春的时候，我就在我那条可爱的小溪的岸边走过。下面就是我在那儿的所见、所闻和所想。

我看见，流水在浅的地方遇到云杉树根的障碍，于是冲着树根潺潺鸣响，冒出气泡来。这些气泡一冒出来，就迅速地漂走，不久即破灭，但大部分会漂到新的障碍那儿，挤成白花花的一团，老远就可以望见。

水遇到一个又一个障碍，却毫不在乎，它只是聚集为一股股水流，仿佛在避免不了的一场搏斗中收紧肌肉。

水在颤动。阳光把颤动的水影投射到云杉树上和青草上，那水影就在树干和青草上忽闪。水在颤动中发出淙淙声，青草仿佛在这乐声中生长，水影是显得那么调和。

流过一段又浅又阔的地方，水急急注入狭窄的深水道，因为流得急而无声，就好像在收紧肌肉，而太阳不甘寂寞，让那水流的紧张的影子在树干和青草上不住地忽闪。

如果遇上大的障碍物，水就嘟嘟哝哝地，仿佛在表示不满，这嘟哝声和从障碍上飞溅过去的声音，老远就可听见。然而这不是示弱，不是诉怨，也不是绝望，这些人类的感情，水是毫无所知的。每一条小溪都深信自己会到达自由的水域，即使遇上像厄尔布鲁士峰一样的山，也会将它劈开，早晚会到达……

太阳所反映的水上涟漪的影子，像轻烟似的总在树上和青草上晃动着。在小溪的淙淙声中，饱含树脂的幼芽在开放，水下的草长出水面，岸上青草越发繁茂。

这儿是一个静静的深水潭，其中有一棵倒树，有几只亮闪闪的小甲虫在平静的水面上打转，惹起了粼粼涟漪。

水流在克制的嘟哝声中稳稳地流淌着，它们兴奋得不能不互相呼唤；许多支有力的水都流到了一起，汇合成了一股大的水流，彼此间又说话又呼唤——这是所有来到一起又要分开的水流在打招呼呢。

水惹动着新结的黄色花蕾，花蕾又在水面漾起波纹。小溪的生活中，就这样一会儿泡沫频起，一会儿在花和晃动的影子间发出兴奋的招呼声。

有一棵树早已横堵在小溪上，春天一到竟还长出了新绿，但是小溪在树下找到了出路，匆匆地奔流着，晃着颤动的水影，发出潺潺的声音。

有些草早已从水下钻出来了，现在立在溪流中频频点头，算是既对影子的颤动又对小溪的奔流的回答。

就让路途当中出现阻塞吧，让它出现好了！有障碍，才有生活；要是没有的话，水便会毫无生气地立刻流入大洋了，就像不明不白的生命离开毫无生气的机体一样。

途中有一片宽阔的洼地。小溪毫不吝啬地将它灌满水，并继续前行，而留下那水塘过它自己的日子。

有一棵大灌木被冬雪压弯了，现在有许多枝条垂挂在小溪中，煞像一只大蜘蛛，灰蒙蒙的，爬在水面上，轻轻摇晃晃着所有细长的腿。

云杉和白杨的种子在漂浮着。

小溪流经树林的全程，是一条充满持续搏斗的道路，时间就由此而被创造出来。搏斗持续不断，生活和我的意识就在这持续不断中形成。

是的，要是每一步都没有障碍，水就会立刻流走了，也就根本不会有生活和时间了……

小溪在搏斗中竭尽力量，溪中一股股水流像肌肉似的扭动着，但是毫无疑问的是，小溪早晚会流入大洋的自由的水中，而这"早晚"就正是时间，正是生活。

一股股水流在两岸紧挟中奋力前进，彼此呼唤，说着"早晚"二字。这"早晚"之声整日整夜地响个不断。当最后一滴水还没有流完，当春天的小溪还没有干涸的时候，水总是不倦地反复说着："我们早晚会流入大洋。"

流净了冰的岸边，有一个圆形的水湾。一条在发大水时留下的小狗鱼，被困在这水湾的春水中。

你顺着小溪会突然来到一个宁静的地方，你会听见，一只灰雀的低鸣和一只苍头燕雀惹动枯叶的簌簌声竟会响遍整个树林。

有时一些强大的水流，或者有两股水的小溪，呈斜角形汇合起来，全力冲击着被百年云杉的许多粗壮树根所加固的陡岸。

真惬意啊：我坐在树根上，一边休息，一边听陡岸下面强大的水流不急不忙地彼此呼唤，听它们满怀"早晚"必到大洋的信心互相打招呼。

流经小白杨树林时，溪水浩浩荡荡，像一个湖，然后集中流向一个角落，从一米高的悬崖上落下，老远就可听见哗哗声。这边一片哗哗声，那小湖上却悄悄地泛着涟漪，密集的小白杨树被冲歪在水下，像一条条蛇似的一个劲儿想顺流而去，却又被自己的根拖住。

小溪使我流连，我老舍不得离它而去，因此反倒觉得乏味起来。

我走到林中一条路上，这儿现在长着极低的青草，绿得简直刺眼，路两边有两道车辙，里边满是水。

在最年轻的白桦树上，幼芽正在舒展，芽上芳香的树脂闪闪有光，但是树林还没有穿上新装。在这还是光秃秃的林中，今年曾飞来一只杜鹃：杜鹃飞到秃林子来，那是不吉利的。

在春天还没有装扮，开花的只有草莓、白头翁和报春花的时候，我就早早地到这个采伐迹地来寻胜，如今早已是第十二个年头了。这儿的灌木丛，树木，甚至树墩子我都十分熟悉，这片荒凉的采伐迹地对我说来是一个花园：每一棵灌木，每一棵小松树、小云杉，我都抚爱过，它们都变成了我的，就像是我亲手种的一样，这是我自己的花园。

我从自己的"花园"回到小溪边上，看到一件了不得的林中事件：一棵巨大的百年云杉，被小溪冲刷了树根，带着全部新、老球果倒了下来，繁茂的枝条全都压在小溪上，水流此刻正冲击着每一根枝条，还一边流，一边不断地互相说着："早晚……"

小溪从密林里流到旷地上，水面在艳阳朗照下开阔了起来。这儿水中蹿出了第一朵小黄花，还有像蜂房似的一片青蛙卵，已经相当成熟了，从一颗颗透明体里可以看到黑黑的蝌蚪。也在这儿的水上，有许多几乎同跳蚤那样小的浅蓝色的苍蝇，贴着水面飞一会就落在水中；它们不知从哪儿飞出来，落在这儿的水中，它们的短促的生命，就好像这样一飞一落。有一只水生小甲虫，像铜一样亮闪闪，在平静的水上打转。一只姬蜂往四面八方乱窜，水面却纹丝不动，一只黑星黄粉蝶，又大又鲜艳，在平静的水上翩翩飞舞。这水湾周围的小水洼里长满了花草，早春柳树的枝条也已开花，茸茸的像黄毛小鸡。

小溪怎么样了呢？一半溪水另觅路径流向一边，另一半溪水流向另一边。也许是在为自己的"早晚"这一信念而进行的搏斗中，溪水分道扬镳了：一部分水说，这一条路会早一点儿到达目的地，另一部分水认为另一边是近路。于是它们分开来了，绕了一个大弯子，彼此之间形成了一个大孤岛，然后又重新兴奋地汇合在一起。终于明白：对于水来说，没有不同的道路，所有道路早晚都一定会把它带到大洋。

我的眼睛得到了愉悦，耳朵里"早晚"之声不绝，杨树和白桦幼芽的树脂的混合香味扑鼻而来。此情此景我觉得再好也没有了，我再不必匆匆赶到哪儿去了。我在树根之间坐了下去，紧靠在树干上，举目望那和煦的太阳，于是，我梦魂萦绕的时刻翩然而至，停了下来，原是大地上最后一名的我，最先进入了百花争艳的世界。

我的小溪到达了大洋。

春天的遐想

作者简介 ❖

歌德

（1749～1832）

德国著名诗人、作家。代表作有书信体小说《少年维特之烦恼》、诗体哲理悲剧《浮士德》和长篇小说《威廉·迈斯特》

自 然

自然！她环绕着我们，围抱着我们——我们不能越出它的范围，也不能深入它的秘府。她不问也不告诉我们，就把我们卷进她的旋涡圈里，挟着我们奔驰直到厌倦我们脱出她的怀抱。

她永远创造新的形体；现在有的，从前不曾有；曾经出现的，将永远不再来；万象皆新，又终古如斯。

我们生活在她怀里，对于她永远是生客。她不断地对我们说话，又始终不把她的秘密宣示给我们。我们不断的影响她，又不能对她有丝毫把握。

她里面的一切都仿佛是为产生个人而设的，她对于个人又漠不关怀。她永远建设，永远破坏，她的工场却永远不可即。

她在无数儿女的身上活着，但是她，那母亲，在哪里呢？她是至高无上的艺术家；把极单纯的原料划为种种宏伟的对照，毫不着力便达到极端美满和极端准确的精密，永远用一种柔和的轻妙描画出来。她每件作品都各具心裁，每个现象的构思都一空倚傍，可是这万象只是一体。

她给我们一出戏看，她自己也看见吗？我们不知道。可是她正为我们表演，为站在一隅的我们。

她里面永远有着生命，变化，流动，可是她丝毫不见进展。她永远变化，没有顷刻间歇。她不知有静止，她诅咒固定。她像是灵活的。她的步履安详，她的例外稀有，她的律法万古不易。

　　她自始就在思索而且无时不在沉思，并不照人类的想法而照自然的想法。她为自己保留了一种特殊而普遍的思维秘诀，这秘诀是没有人能窥探的。

　　一切人都在她里面，她也在一切人里面。她和每个人都很友善地游戏；你越胜她，她越喜欢。他对许多人动作得那么神秘，他们还不曾发觉，她已经做完了。

　　即反自然也是自然。谁不到处看见她，便无处可以清清楚楚地看见她。

　　她爱自己，而且借无数的心和眼永远黏附着自己。她尽量发展她的潜力以享受自己。不断地，她诞生无数新的爱侣，永远无餍足地去表达自己。

　　她在幻想里得着快乐。谁在自己和别人身上把它打碎，她就责罚他如暴君；谁安心追随它，它就把它像婴儿般偎搂在怀里。

　　她有无数的儿女，无论对谁都不会吝啬；可是她有些骄子，对他们特别慷慨而且牺牲极大。一切伟大的，她都用来爱护荫庇他。

　　她使她的生物从空虚中溅涌出来，却不对它们说从哪里来或往哪里去，它们尽管走就得了。只有她认路。

　　她行事有许多方法，可是没有一条是用旧了的，它们永远奏效而且变化多端。

　　她所演的戏永远创造新的观众。生是她最美妙的发明，死是她用以获得无数的生的技术。

　　她用黑暗的幕裹住人，却不断地推他走向光明，她把他坠向地面，使他变成懒惰和沉重，又不断的摇他使他站起来。

　　她给我们许多需要，因为她爱动。那真是奇迹：用这么少的东西便可以产生这不息的动。一切需要都是恩惠：很快满足，立刻又

再起来。她再给一个吗？那又是一个快乐的新源泉，但是很快她又恢复均衡了。

她刻刻都在奔赴最远的途程，又刻刻都达到目标。

她是一切虚幻中之虚幻，可是并非对我们；对我们，她把自己变成了一切要素中之要素。

她任每个儿童把她打扮，每个疯子把她批判。万千个漠不关心的人一无所见地把她践踏，无论什么都使她快乐，无论谁都使她满足。

你违背她的律法时在服从她；企图反抗她时也在和她合作。

无论她给什么都是恩惠，因为她先使之变为必需的。她故意延迟，使人渴望她；特别赶快，使人不讨厌她。

她没有语言也没有文字，可是她创造无数的语言和心，借以感受和说话。

她的王冕是爱，单是由爱你可以接近她。她在众生中树起无数的藩篱，又把它们全数吸收在一起。你只要在爱杯里啜一口，她便慰解了你充满忧愁的一生。

她是万有。她自赏自罚，自乐又自苦。她是粗暴而温和，可爱又可怕，无力却又全能。一切都永远在那里，在她身上，她不知有过去和未来。现在对于她是永久。她是慈善的。我赞美她的一切事功。她是明慧而蕴藉的，除非她心甘情愿，你不能从她那里强取一些儿解释，或剥夺一件礼物。她是机巧的，可是全出于善意；最好你不要发觉她的机巧。

她是整体却又始终不完成。她对每个人都带着一副特殊的形象出现。她躲在万千个名字和称呼底下，却又始终是一样。

她把我放在这世界里；她可以把我从这里带走。她要我怎么样便怎么样。她决不会憎恶她手造的生物。解说她的并不是我。不，无论真假，一切都是她说的，一切功过都归于她。

世界散文精品集丛书

作者简介 ❖

叔本华

（1788～1860）

德国哲学家，主要哲学著作有《作为意志和表象的世界》、《论自然意志》、《伦理学中的两个根本问题》等。其文学著作有《随笔与箴言》。

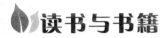

读书与书籍

一

愚昧无知如果伴随着富豪巨贾，更加贬低了其人的身价。穷人忙于操作，无暇读书无暇思想，无知是不足为怪的。富人则不然，我们常见其中的无知者，恣情纵欲，醉生梦死，类似禽兽。他们本可做极有价值的事情，可惜不能善用其财富和闲暇。

二

我们读书时，是别人在代替我们思想，我们只不过重复他的思想活动的过程而已，犹如儿童启蒙习字时，用笔按照教师以铅笔所写的笔画依样画葫芦一般。我们的思想活动在读书时被免除了一大部分。因此，我们暂不自行思索而拿书来读时，会觉得很轻松，然而在读书时，我们的头脑实际上成为别人思想的运动场了，所以，读书愈多，或整天沉浸于读书的人，虽然可借以休养精神，但他的思维能力必将渐次丧失，此犹如时常骑马的人步行能力必定较差，道理相同。有许多学者就是这样，因读书太多而变得愚蠢。经常读书，有一点闲空就看书，这种做法比常做手工更使精神麻痹，因为在做手工时还可以沉湎于自己的思想中。我们知道，一条弹簧如果久久受外物的压迫会失去弹性，我们的精神也是一样，如常受别人

春天的遐想

的思想的压力，也会失去其弹性。又如，食物虽能滋养身体，但若吃得过多，则反而伤胃乃至全身；我们的"精神食粮"如太多，也是无益而有害的。读书越多，留存在脑中的东西越少，两者适成反比，读书多，他的脑海就像一块密密麻麻、重重叠叠、涂抹再涂抹的黑板一样。读书而不加以思考，决不会有心得，即使稍有印象，也浅薄而不生根，大抵在不久后又会谈忘丧失。以人的身体而论，我们所吃的东西只有五十分之一能被吸收，其余的东西，则因呼吸、蒸发等等作用而消耗掉。精神方面的营养亦同。况且被记录在纸上的思想，不过是像在沙上行走者的足迹而已，我们也许能看到他所走过的路径；如果我们想要知道他在路上看见些什么，则必须用我们自己的眼睛。

三

作家们各有其专长，例如雄辩、豪放、简洁、优雅、轻快、诙谐、精辟、纯朴、文采绚丽、表现大胆等等，然而，这些特点，并不是读他们的作品就可学得来的。如果我们自己天生就有着这些优点，也许可因读书而受到启发，发现自己的天赋。看别人的榜样而予以妥善的应用，然后我们才能也有类似的优点。这样的读书可教导我们如何发挥自己的天赋，也可借以培养写作能力，但必须以自己有这些禀赋为先决条件。否则，我们读书只能学得陈词滥调，别无利益，充其量只不过是个浅薄的模仿者而已。

四

如同地层依次保存着古代的生物一样，图书馆的书架上也保存着历代的各种古书。后者和前者一样，在当时也许曾洛阳纸贵，传诵一时，而现已犹如化石，了无生气，只有那些"文学的"考古学家在鉴赏而已。

五

据希罗多德（Herodotus 希腊史家）说，薛西斯（Xerxes 波斯国王）看着自己的百万雄师，想到百年之后竟没有一个人能幸免黄土一坏的厄运，感慨之余，不禁泫然欲泣。我们再联想起书局出版社那么厚的图书目录中，如果也预想到十年之后，这许多书籍将没有一本还为人所阅读时，岂不也要令人兴起泫然欲泣的感觉。

六

文学的情形和人生毫无不同，不论任何角落，都可看到无数卑贱的人，像苍蝇似的充斥各处，为害社会。在文学中，也有无数的坏书，像蓬勃滋生的野草，伤害五谷，使它们枯死。他们原是为贪图金钱，营求官职而写作，却使读者浪费时间、金钱和精神，使人们不能读好书，做高尚的事情。因此，它们不但无益，而且为害甚大。大抵说来，目前十分之九的书籍是专以骗钱为目的的。为了这种目的，作者、评论家和出版商，不惜同流合污，朋比为奸。许多文人，非常可恶又狡猾，他们不愿他人企求高尚的趣味和真正的修养，而集中笔触很巧妙地引诱人来读时髦的新书，以期在交际场中有谈话的资料。如斯宾德连、布维（Bulw－er）及尤金·舒等人都很能投机，而名噪一时。这种为赚取稿费的作品，无时无地都存在着，并且数量很多。这些书的读者真是可怜极了，他们以为读那些平庸作家的新作品是他们的义务，因此而不读古今中外的少数杰出作家的名著，仅仅知道他们的姓名而已——尤其那些每日出版的通俗刊物更是狡猾，能使人浪费宝贵的时光，以致无暇读真正有益于修养的作品。

因此，我们读书之前应牢记"绝不滥读"的原则，不滥读是有方法可循的，就是不论何时凡为大多数读者所欢迎的书，切勿贸然拿来读。例如正享盛名，或者在一年中发行了数版的书籍都是，不管它属于政治或宗教性还是小说或诗歌。你要知道，凡为愚者所写作的人是常会受大众欢迎的。不如把宝贵的时间专读伟人的已有定评的名著，只有这些书才是开卷有益的。

不读坏书，没有人会责难你，好书读得多，也不会引起非议。坏书有如毒药，足以伤害心神——因为一般人通常只读新出版的书，

而无暇阅读前贤的睿智作品，所以连作者也仅停滞在流行思想的小范围中，我们的时代就这样在自己所设的泥泞中越陷越深了。

七

有许多书，专门介绍或评论古代的大思想家，一般人喜欢读这些书，却不读那些思想家的原著。这是因为他们只顾赶时髦，其余的一概不理会；又因为"物以类聚"的道理，他们觉得现今庸人的浅薄无聊的话，比大人物的思想更容易理解，所以古代名作难以入目。

我很幸运，在童年时就读到了施勒格尔的美妙警句，以后也常奉为圭臬。

"你要常读古书，读古人的原著；今人论述他们的话，没有多大意义。"

平凡的人，好像都是一个模型铸成的，太类似了！他们在同时期所发生的思想几乎完全一样，他们的意见也是那么庸俗。他们宁愿让大思想家的名著摆在书架上，但那些平庸文人所写的毫无价值的书，只要是新出版的，便争先恐后地阅读。太愚蠢了！

平凡的作者所写的东西，像苍蝇似的每天产生出来，一般人只因为它们是油墨未干的新书，而爱读之，真是愚不可及的事情。这些东西，在数年之后必遭淘汰，其实，在产生的当天就应当被遗弃才对，它只可作为后世的人谈笑的资料。

无论什么时代，都有两种不同的文艺，似乎各不相悖的并行着。一种是真实的，另一种只不过是貌似的东西。前者成为不朽的文艺，作者纯粹为文学而写作。他们的行进是严肃而静默的，然而非常缓慢。在欧洲一世纪中所产生的作品不过半打。另一类作者，文章是他们的衣食父母，但它们却能狂奔疾驰，受旁观者的欢呼鼓噪，每年送出无数的作品到市场上，但在数年之后，不免令人发生疑问：它们在哪里呢？它们以前那喧嚣的声誉在哪里呢？因此，我们可称后者为流动性的文艺，前者为持久性的文艺。

八

买书又有读书的时间，这是最好的现象，但是一般人往往是买而不读，读而不精。

要求读书的人记住他所读过的一切东西，犹似要求吃东西的人，把他所吃过的东西都保存着一样。在身体方面，人靠所吃的东西而生活；在精神方面，人靠所读的东西而生活，因此变成他现在的样子。但是身体只能吸收同性质的东西，同样的道理，任何读书人也仅能记住他所感兴趣的东西，也就是适合于他的思想体系，或他的目的读物。任何人当然都有他的目的，然而很少人有类似思想体系的东西，没有思想体系的人，无论对什么事都不会有客观的兴趣，因此，这类人读书必定是徒然无功，毫无心得。

Repetitio est Mater Studioun（温习乃研究之母）。任何重要的书都要立即再读一遍，一则因再读时更能了解其所述各种事情之间的联系，知道其末尾，才能彻底理解其开端；再则因为读第二次时，在各处都会有与读第一次时不同的情调和心境，因此，所得的印象也就不同，此犹如在不同的照明中看一件东西一般。

作品是作者精神活动的精华，如果作者是一个非常伟大的人物，那么他的作品常比他的生活还有更丰富的内容，或者大体也能代替他的生活，或远超过它。平庸作家的著作，也可能是有益和有趣的，因为那也是他的精神活动的精华，是他一切思想和研究的成果，但他的生活际遇并不一定能使我们满意，因此，这类作家的作品，我们也不妨一读。何况，高级的精神文化，往往会使我们渐渐达到另一种境地，从此可不必再依赖他人以寻求乐趣，书中自有无穷之乐。

没有别的事情能比读古人的名著更能给我们精神上的快乐。我们一拿起一本这样的古书来，即使只读半小时，也会觉得无比的轻松、愉快、清净、超逸，仿佛汲饮清冽的泉水似的舒适。这原因，大概一则是由于古代语言之优美，再则是因为作者的伟大和眼光之深远，其作品虽历数千年，仍无损其价值，我知道目前要学习古代语言已日渐困难，这种学习，如果一旦停止，当然会有一种新文艺兴起，其内容是以前未曾有过的野蛮、浅薄和无价值。德语的情况更是如此。现在的德语还保留有古代的若干优点，但很不幸的是有许多无聊作家正在热心而有计划地予以滥用，使它渐渐成为贫乏、残废，或竟成为莫名其妙的语言。

文学界有两种历史：一种是政治的，一种是文学和艺术的。前者是意志的历史；后者是睿智的历史。前者的内容是可怕的，所写的无非是恐惧、患难、欺诈及恐怖的杀戮等等；后者的内容都是清新可喜的，即使在描写人的迷误之处也是如此。这种历史的重要分支是哲学史。哲学实在是这种历史的基础低音，这种低音也传入其他的历史中。所以，哲学实在是最有势力的学问，然而它的发挥作用是很缓慢的。

九

我很希望有人来写一部悲剧性的历史，他要在其中叙述：世界上许多国家，无不以其大文豪及大艺术家为荣，但在他们生前，却遭到虐待；他要在其中描写，在一切时代和所有的国家中，真和善常与邪和恶作无穷的斗争；他要描写，在任何艺术中，人类的大导师们几乎全都遭灾殉难；他要描写，除了少数人外，他们从未被赏识和关心，反而常受压迫，或流离颠沛，或贫寒饥苦，而富贵荣华则为庸碌卑鄙之辈所享受，他们的情形和创世纪中的以扫（Esau）相似。（旧约故事，以扫和雅各为孪生兄弟。以扫出外为父亲击毙野兽时，雅各穿上以扫的衣服，在家里接受父亲的祝福。）然而那些大导师们仍不屈不挠，继续奋斗，终能完成其事业，光耀史册，永垂不朽。

作者简介 ◆

黑塞

(1877～1962)

德国作家。著作有《在轮下》、《德米安》、《死与恋人》、《玻璃球游戏》等。1946 年获得诺贝尔文学奖。

风信子和布洛西

今天，我在莱顿斯维格的小路上发现了第一批微绽的樱草花花蕾；湿润晴朗的天空中梦幻似的飘浮着轻柔的四月云；那片广阔的、尚未播种的棕色田地晶莹闪烁，在温煦的空气中有所期待地向远处伸展，好似在渴求创造，让它那沉默的力量在成千上万个绿色的萌芽中、在繁茂的禾秆中得到检验、有所感受并得到繁衍。在这温润和煦、刚刚开始变暖的气候里，万物都在期待萌芽，充满了梦幻和希望——幼芽向着太阳，云彩向着田野，年复一年，我总是满怀焦躁和渴求的心情期待这个季节的来临，好似我必须解开万物苏生这一特殊瞬间的奇迹的谜，好似必须出现这样的情况，使我有一个钟点的时间得以极其清晰地目睹、理解、体会力量和美的启示，要看一看生命如何欢笑着跃出大地，年轻的生命如何向着光亮睁开它们的大眼；年复一年，奇迹总是带着音响和香味从我身边经过，我爱着、祈求着这种奇迹，却始终没有理解；现在，奇迹已在眼前，但我却没有看见它是如何来临的，我看不到幼芽的外衣如何裂开，看不到第一道温柔的泉水如何在阳光下微微颤动。

突然间，到处是一片繁花似锦，树木上点缀着明晃晃的叶子，或者是一朵朵泡沫般的白花，鸟儿欢唱着在温暖的蓝天上划出一道道美丽的弧形。虽然我不曾亲眼目睹奇迹是如何来临的，但是奇迹确实已经变成了现实。枝叶繁茂的树林形成了拱形，远处的山峰在发出召唤，到时候了，快快准备好靴子、行李袋、钓竿和船桨，去尽情享受新一年的春天吧，我觉得，每一个新的春天总比上一个更为美丽，但是也总比上一个消逝得更为迅速。——从前，我还是一个孩子时，那时的春天多么的漫长，简直是没有尽头！

　　一旦我有了数小时的闲暇，就会觉得满心的欢喜，我就会久久地躺卧在湿润的草地上，或者爬到附近的树上，攀着树枝摇荡，一面闻着花苞的香气和新鲜的树脂味，一面观望着眼前盘绕交错所形成的蓝绿相间的枝叶网，我像一个梦游者，仿佛回到了自己的童年时代，正在极乐的花园里当一个安静的客人。但是要再度回到过去，呼吸早年青春时代的明净的清晨空气，或者能够看一看上帝是如何创造世界，即使是看一眼也好，就像我们在童年时期所曾看见过的那样——当时我们曾目睹某种奇迹是如何施展它美丽的魅力的——这一点目前来说，无疑很难做到，而且简直是太诱人了。

　　树林逐渐往上延伸，十分快乐而顽强地耸立在空气中，花园里，水仙花和风信子艳丽多彩；那时我们认识的人还很少，而我们遇见的人对我们都是又温柔又亲切，因为他们看见我们光滑的额头上还保留着上帝的神圣气息，对此我们自己却一无所知，后来我们在匆匆忙忙的成长过程中，便逐渐不自觉地、无意识地丢失了这种气息。

　　我曾是一个十分顽皮而任性的顽童，从小就让父亲为我大伤脑筋，还让母亲为我担惊害怕，操心叹气！尽管如此，我的额头也仍然闪烁着上帝的光辉，我所看到的一切都是美好生动的，而在我的思想和梦境中，即或并非以十分虔诚的形式出现，但天使、奇迹和童话却总像同胞兄妹般在其中来来去去。从童年时代起，我就总是让自己的回顾同新开垦的田地的气息和树林里嫩绿的新芽联结在一起，让自己回到春天的故乡，让自己觉得有必要再回到那些时刻去，那些我已淡忘、并且不理解的时刻去。目前我又这么想着，而且还尽可能地试图把它们叙述清楚。

我们卧室的窗户都已关闭，我迷迷糊糊地躺在黑暗中，静听身边酣睡着的小弟节奏均匀的呼吸声，我很惊讶，因为尽管我闭着眼睛，眼中却不是一片漆黑，而是看见了各种色彩，先是紫色和暗红色的圆圈，它们持续不断地扩大，然后汇入黑暗之中，接着又从黑暗深处持续不断地重新往外涌出，而在每一个圆圈边缘都镶上了一道窄窄的黄边。我同时还倾听窗外的风声，从山那边吹来的懒洋洋的暖风，轻轻吹拂着高大的白杨树，树叶簌簌作响，屋顶也不时发出沉重的吱吱嘎嘎的呻吟声。我心里很难过，因为不允许孩子们夜里不睡觉，不允许他们夜里出去，甚至不允许待在窗前，而我想起的那个夜晚，母亲恰恰忘了关闭我们卧室的窗户。那天晚上半夜时分我惊醒过来，悄悄地起了床，胆怯地走向窗户，我看见窗户外面罕见的明亮，完全不是像我原先所想象的那样，一片漆黑和黝黯。窗外的一切都显得朦朦胧胧，模糊不清，巨大的云块叹息着掠过天空，那些灰蒙蒙的山峦也似乎是惴惴不安，充满了恐惧，正竭尽努力以躲避一场逐渐逼近的灾难。白杨树正在沉睡，它看上去十分瘦弱，几乎就要死去或者消亡，只有庭园里的石凳、井边的水池以及那棵年轻的栗子树仍还是老样子，不过也略显疲惫和阴暗。

我坐在窗户前，眺望着窗外变得苍白的夜世界，自己也不知道过了多长时间；突然附近响起一只野兽的嗥叫，是一种令人毛骨悚然的号哭声。那也许是一只狗，也许是一只羊，或者是一头牛犊，叫声使我完全清醒过来，并在黑暗中感到恐惧。恐惧攫住了我的心，我回到卧室，钻进被窝，心里思忖着，是不是应该哭一场。但是我还没有来得及哭泣，便已沉沉入睡了。

如今外界的一切大概仍然充满神秘地守候在关闭的窗户之外吧，倘若再能够向外面眺望眺望，那该是多么美丽而又可怕啊！我脑海里又浮现出那些黝黯的树木，那惨淡模糊的光线，那冷清清的庭园，那些和云朵一起奔驰的山峦，天空中那些苍白的光带，以及在苍茫的远处隐约可见的乡村道路。于是我想象着，有一个贼，也许是一个杀人犯，披着一件巨大的黑斗篷正在那里潜行；或者有一个什么人由于害怕黑夜，由于野兽迫逐而神经错乱地在那里东奔西跑。也许有一个和我年龄相仿的孩子在那里迷路了，或者是离家出走，或者是被人拐了，或者干脆就没有父母，而即使他非常勇敢，但也仍然会被即将到来的夜的鬼怪杀死，或者被狼群攫走，也许他只是被森林里的强盗抓去而已，于是他自己也变成了强盗，他分得了一柄剑，或者是一把双响手枪、一顶大帽子和一双高筒马靴。

我只要从这里往外走出一步，无意识的一步，我就可以进入幻想王国，就可以亲眼看清这一切，亲手抓到这一切，所有目前仅只存在于我的记忆、思想和幻想中的一切。

但是我却没法入睡，因为就在这一瞬间，一道从我父母的卧室射出的淡红色的光芒，透过我房门上的钥匙孔向我照来，颤动的微弱的光线照亮了黑暗的房间，那闪烁着微光的衣橱门上也继而出现了一道锯齿形的黄色光点。

我知道父亲正回房来睡觉。我还听见他穿着袜子在房间里来回走动的轻轻的脚步声，同时还听到他那低沉的说话声。他在和母亲说着什么。

"孩子们都睡了吧？"我听见他问。

"啊，早就睡了。"母亲回答说。我感到害羞，因为我还醒着。然后静默了片刻，可是灯光仍然亮着。我觉得这段时间特别长，渐渐地睡意爬上了我的眼睛，这时我母亲又开始说话了。

"你听说布洛西的情况了么？"

"我已经去探望过他了，"父亲回答说，"黄昏时我去了一下，那孩子真是受尽了折磨。"

"情况很严重吗？"

"坏极了。你看着吧，春天来时，他就要去了。死神已经爬到了他的脸上。"

"要不要让我们的孩子去看望看望他？也许会对他有些好处。"
母亲问。

"随你的便吧，"父亲回答说，"不过我看也没有必要。这么点儿大的小孩懂得什么呢？"

"那么我们休息吧。"

"嗯，晚安。"

灯光熄灭了。空气也停止了颤动。地板上和衣橱门上又归于黑暗。可是我一闭上眼睛便重又看见许多镶着黄边的紫色和深红色圆圈在旋转翻滚，并且在越转越大。

双亲都已入睡，周围一片寂静，而我的心灵在这漆黑的深夜突然变得激动起来。父母所说的言语，我虽然似懂非懂，却像一枚果子落进水池而荡起的涟漪，于是那些圆圈急速而可怕地越转越大，我这不安的好奇心也为之颤动不已。我父母亲谈到的那个布洛西，原来已经在我的视界内几乎完全消失，至多也只是一个淡薄的、几近消逝的记忆而已。我本来已忘记这个名字，苦苦思索后终于想起了他，慢慢地在脑海中浮现出他那生动的形象。最初我只是想起，过去有一度常常听到这个名字，自己也常常喊叫这个名字的。我好像记得，有一年秋天，曾经有一个人送给我一个大苹果，这时我才终于想起来了，这个人就是布洛西的父亲，猛然间，我便把一切都清楚地回忆起来了。

于是，我面前浮现出一个漂亮的孩子，他比我大一岁，个儿却比我矮小，他名叫布洛西。大概一年前他父亲成了我们的邻居，而布洛西也成了我们的伙伴，然而，我的追溯并非由此开始。他的形象又清楚地在我眼前重现：他经常戴一顶凸出两只奇怪尖角的手织的蓝色绒线帽，口袋里经常装着苹果或面包片，只要大家开始感到有点儿无聊时，他常常会想出新点子、新游戏和新建议。他即使在工作日也总穿一件背心，这使我十分羡慕。从前我猜想他力气不会很大，直到他有一次揍了村里铁匠家的儿子巴兹尔，因为巴兹尔竟敢嘲笑他母亲亲手织的那顶尖角帽，揍得狠极了，以致我很长一段时间看见他就害怕。他有一只驯养的乌鸦，秋天时由于喂了过量新收获的土豆而撑死了，我们为它举行了葬礼，棺材是一只盆子，因为盒子太小，总也盖不严。

我致了一遍悼词，活像一个牧师，当布洛西听得哭泣出声时，我那小弟竟乐得哈哈大笑，布洛西便动手揍我的小弟，我当即又回揍了他。小弟吓得在旁边大声哭嚎，我们就这样不欢而散了。后来布洛西的母亲来到我们家，说布洛西对这事很后悔，希望我们明天下午去他家，准备了咖啡和点心，点心都已烘烤好了。喝咖啡时布洛西给我们讲了一个故事，讲到一半又开始从头讲起，这个故事我虽然已完全忘记，但想起当时的情景却常常忍俊不禁。

这仅仅是开始而已。我当即又想起了上千件我和伙伴布洛西在那个夏天和秋天里的共同经历，而这一切在他和我们中断来往的几个月中竟然几乎忘得干干净净。如今又从四面八方向我拥来，如同人们在冬天时抛出谷粒，鸟群云集而至一般。

我想起了那个阳光灿烂的秋天上午，木匠家的鹰从停车棚里逃走了。它那剪短的翅膀已经重新长出，终于挣脱锁住双脚的黄铜链子，飞离了黝黯狭窄的车棚。如今它悠闲自在地停在木匠家对面的苹果树枝上，共有十来个人站在大街上仰头望着它，一面议论纷纷地商量着对策。我们这群小孩子，包括布洛西和我，也都挤在人堆里，心里特别担心害怕，战战兢兢望着那只依然安坐在树枝上的大鸟，而这只鹰也威武凶悍地俯视着底下的人群。

"它不会飞回来了。"有一个人说。可是雇工高特洛普说："倘若它能够高飞，早就飞过山峰和峡谷了。"那只鹰一面仍用爪子紧紧抓住树干，一面好几次扇动翅膀试图飞起来，我们都紧张得要命，我自己也不明白，我究竟更喜欢它被人们重新捉住呢，还是喜欢它远走高飞。最后，高特洛普搬来了一架梯子，木匠亲自登上梯子，伸手去抓他的鹰。那只鹰松开树枝，猛烈地鼓动双翼。这时我们这些小孩子的心"咚咚咚"地直跳，几乎都要窒息了。我们着魔似的瞪着那只美丽的、不断振动翅膀的老鹰，于是最精彩的时刻来临了，那只鹰猛烈扇动几下翅膀后，好似发现自己尚有飞翔能力，然后慢慢往上飞去，傲慢地在空中划了一个大圆形，便越飞越高直至小得好似一只云雀，无声无息地飞向闪烁的蓝天，终于在天际消失得无影无踪。人群早已走散，而我们这些孩子仍旧呆呆地站在那里，伸着脖子搜索着天空，突然间，布洛西朝空中发出一声欢呼，向那鹰飞走的方向叫道："飞吧，飞吧，现在你又得到自由啦！"

我还必须提一下邻居家手推车棚里的事。每当天上下起倾盆大雨的时候，我们总蹲在那里避雨，两个人在半明半暗的车棚里挤在一起，听那滂沱大雨的咆哮轰鸣，凝视着庭园里雨水形成的泉水、河流和湖泊，看着它们不断溢出，不断交叉，又不断变换着形状。有一回，当我们这么蹲着、倾听着的时候，布洛西开口说道："你瞧，快要闹水灾了，我们怎么办？整个村子都已遭到水淹，大水已经流进了森林。"于是我们便绞尽脑汁设法拯救自己，我们窥探着庭园四周，倾听着震耳的雨声以及较远处洪水和波浪激起的轰隆声。我建议用四根或者五根木头捆扎一只木筏，肯定可以负载我们两人。而布洛西却冲我叫道："哼，你的父亲母亲呢，我的父亲母亲呢，还有猫咪，还有你的小弟弟，怎么办呢？不带他们走么？"当然，我当时一时冲动和害怕，根本来不及考虑周全，于是我为自己辩解而撒谎道："是的，我这么想的，因为我考虑到他们都已经淹死。"布洛西听后露出了沉思和悲哀的神情，因为他真切地想象出那副景象了。过了一会儿他才说道："现在我们玩别的游戏吧！" 当时，他那只可怜的乌鸦还活着，到处欢蹦乱跳的，我们有一次把它带到我们家花园的小亭子里，放在横梁上，它在上面走来走去，就是没法下去。

我向它伸出食指，开玩笑地说："喂，约可波，咬吧！"于是它便啄了我的指头。虽然啄得并不很痛，我却火了，想揍它一顿以示惩罚。布洛西却紧紧抱住我的身体不让我动，直至那乌鸦提心吊胆地走下横梁，逃到外面。"让我揍，"我叫道，"它咬了我。"并且和布洛西扭打起来。"你自己亲口对它说的：约可波，咬吧！"布洛西嚷嚷着，并向我说明，那鸟儿丝毫也没有错处。我有点怕他那教训人的口气，只好说"算了"，可是心里暗暗下定决心，另找机会再惩罚那只鸟儿。

事后，布洛西已经走出我家花园，半路上又折转身子，他叫住了我，一边往回走，我站着等他。他走到我身边说道："喂，行啦，你肯真心向我保证，以后不对约可波施加报复吗？"见我不予答复，态度僵硬，他便答应送我两只大苹果，我接受了这个条件，他这才回家去了。

不久，他家园子里的苹果树第一批果子成熟了，他遵守诺言送我两只最大最红的苹果。这时我又觉得不好意思，犹豫着不想拿，直到他说"收下吧，并不是因为约可波的事，我是诚心送你的，还送一个给你的小弟"，我这才接受下来。 有一段时期我们经常整日下午都在草地上跳跳蹦蹦，随后跑进树林里去，树下长满了柔软的苔藓。我们跑累了，便坐下休息。几只苍蝇围着一只蘑菇嗡嗡营营地飞舞不止，到处都有鸟儿的踪影，我们能认出其中的少数几种，大多数都说不上名儿来。我们还听见一只啄木鸟正在努力敲击树木，周围的一切都让我们感到又愉快又舒适，因而我们之间几乎不交谈，只是在看到什么特别有趣的东西时，才向另一个人指点着让对方也加以注意。我们坐在绿树成荫的拱形下的空地里，柔和的绿光从空隙间洒下，远处的树林消失在一片充满不祥之兆的褐色的苍茫之中。这一切和沙沙响的树叶及扑棱棱的鸟儿相映成趣，好似一个充满了魔力的童话世界，四周回荡着一片神秘莫测的陌生的音响，似乎蕴含着无数的意义。

有一次布洛西奔跑得太热了，便脱去上装，接着又脱下了西装背心，躺卧在苔藓地上休息。后来当他侧转身子时，衬衫翻落到脖颈后面，我看见他雪白的背上有一道长长的红色疤痕，吓了一跳。

我当即就想问清楚伤痕的来历。过去，我一向喜欢打听别人的倒霉事来取乐。但是不知道怎么搞的，这次我却不想打听，并且居然还装出一副什么也没有看见的样子。然而布洛西那个巨大的伤疤让我非常难过，当初那伤口一定很痛，一定流了很多血，我感到自己在这一瞬间对他的怜悯之情比过去任何时候都更加强烈，但就是不知道用什么话来表达。那天我们很晚才一起离开树林回家，后来一到家我就从自己的小房间里取出我那把最好的用一段很结实的接骨木树干做的手枪，这是我们家的雇工替我做的，赶忙下楼把它送给了布洛西。他起初以为我在开玩笑，后来又推辞不肯接受，甚至把双手藏在背后，我只好把手枪硬插到他衣袋里。

往事一幕接着一幕，统统都浮现在我眼前。我也想起了我们在河对岸的枞树林里的情景。我有一度很愿意和小伙伴们到那里去玩，因为我们都很希望看见小鹿。我们踏进一大片广阔的空地，在那些笔直的参天大树间的光滑的褐色土地上行走，可是我们走了很远很远也没有看见任何小鹿的踪迹。我们只见那些露出泥外的大枞树的根边躺着许多巨大的岩石，而且几乎每块岩石上都有一些地方长着一片片、一簇簇的嫩绿苔藓，好像是一小块一小块的绿色颜料。我想把这些还没有巴掌大的苔藓揭下一块来。但是布洛西急忙阻止我说："别，别动它们！"我问为什么，他解释说："这是天使走过森林时留下的足迹，天使的足迹到过哪儿，那儿的石头上便会立即长出苔藓来。"

于是我们把找寻小鹿的事忘得干干净净，痴痴地期待着，也许会有一位天使恰巧来到跟前。我们呆呆地伫立着，注意观看着。整个森林死一般地寂静，褐色的土地上洒落着明晃晃的斑斑驳驳的阳光，我们朝树林深处望去，那些挺拔的树干好似一堵堵红色柱子排成的高墙；抬头仰望，在浓密的树冠上方，天空一片湛蓝。凉风习习，无声无息地吹拂着我们的身躯。我们两人都惴惴不安和紧张起来；因为四周太寂静了，连一个人影儿都没有。我们暗自想，也许天使很快就会来临，就又等候了一会儿，过后，我们便默默地迅速走过那许许多多的岩石和树干，走出了树林。当我们重又来到草地上，越过小河后，我们还回首眺望了半晌，然后就急急忙忙地跑回家去了。

后来，我还曾和布洛西吵过一架，不过很快便又和好了。不久就到了冬天，也就是说，布洛西开始卧病不起，而我也不知道要不要去看他。当然，我后来是去看过他一次或两次的，去的时候，他躺在床上，几乎一言不发，这使我觉得又恐惧又无聊，尽管他母亲送给我半只橘子吃。以后我就不曾再去看望他。我和自己的弟弟玩，和家里的雇工或者女仆玩，这样又过了很长一段时期。雪下了，又化了，又这么重复了一次；小河结冰了，又融化了，变为褐色和白色，发过一场大水，从上游冲下来一头淹死的母猪和一截木头；我们家孵出了一窝小鸡，其中死了三只；我的小弟生过一次病，又复原了；人们在仓库里打谷，在房间里纺纱，现在又在田野里播种；这一切布洛西都没有在场。就这样，布洛西离我越来越远，最后完全消失了，被我完全忘却了。——直到目前，直到今天晚上，红光透过钥匙孔照进我的小屋，我听见爸爸对妈妈说："春天来时，他就要去了。"我这才想起了他。

在这无数错综交叉的回忆和思索中，我沉沉入睡了，也许在明天的生活中，这些刚刚记起的对于久已疏远的游伴的回忆又会消失泯灭吧，即或还有，那么也不可能再恢复到这样的清晰和美丽动人的程度了。可是就在吃早饭时，我母亲问我："你不记得从前常常和你一起玩耍的布洛西啦？"

我当即叫喊说："记得的。"于是她便用一贯的温柔口气告诉我："开春时，你们两人本来可以一起上学去。但是他病得很严重，怕是不能上学了。你不想去看看他吗？"

她说时很认真，我当即想起夜里听到的父亲说的话，我心里有点害怕，同时却又产生了一种对于恐怖事情的好奇。根据我父亲的说法，从那个布洛西脸上已可以看到死神，这对于我简直有一种不可言传的恐怖和魅力。

我连忙回答说："好的。"母亲又严厉地警告我："记住布洛西正患重病！目前你不能和他玩耍，也不准你打扰他。"

我应诺遵从母亲的种种教导，保证绝对安静小心，于是当天上午就去了他家。布洛西家安静而又有点肃穆地坐落在两棵光秃秃的栗子树后面，我在屋子前站立片刻，倾听着走廊里的动静，几乎又想逃回家去。但是我终于控制住了自己，匆匆忙忙地跨过那三层红石块铺成的台阶，穿过一道敞开着的双扇门，一边走一边观望着四周；接着我轻轻地叩了叩里边的一扇门。布洛西的母亲是一个瘦小、灵巧而又和蔼可亲的妇女，她出来抱着我亲了一下，接着问道："你是来看布洛西的吧？"

一会儿工夫，她就拉着我的手站在二层楼一扇白色的门前了。这一双正在把我导向幽暗神秘而又充满恐怖的奇异环境中去的手，在我看来，不是一双天使的手，就是一双魔鬼的手。我的心吓得猛跳不已，好似在向我报警。

我犹豫不定，尽力向后退缩，布洛西的母亲几乎是硬把我拉进房间里去的。

房间很大，光线充足，又干净又舒适；我踌躇不安地、恐惧地站在门边，眼睛望着白得发亮的床铺，她正拉着我往那边走去。这时布洛西向我们转过脸，我细细瞧着他的脸，这脸膛儿狭长尖瘦，不过我没能看出那上面的死神，只见他脸上有一层柔和的光彩，在他的眼睛里有一些陌生的，既善良又顺从的神色，他的目光让我产生了类似那次在寂静的枞树林中伫立倾听时的心情，那时我怀着强烈的欲望屏息静气地期待着天使走过自己身旁。

布洛西点点头，一面向我伸出手来，那只手发烫、干燥，瘦骨嶙峋。他母亲轻轻抚摩着他，朝我点点头后便走出了房间。我独自一人站在他那张高高的小床边，凝望着他，好半晌两个人都不吱声。

"怎么样，又见到你啦？"布洛西终于打破了僵局。

我说："我很好，你还好么？"

他接着问："是你母亲让你来的吧？"

我点点头。 他似乎疲倦了，脑袋又落回到枕头上。我不知道该说什么话才好，只得一个劲儿啮咬着帽子上的穗儿，一面目不转睛地凝视着他，而他也回望着我，后来他朝我诙谐地微微一笑，便又闭上了眼睛。

他略略向旁边侧转身子，他转身时我忽然透过纽扣洞看见一丝红色的痕迹，这就是肩上那块大伤疤，我一看见它便忍不住大声啼哭起来。

"哎呀，你怎么啦？"他急忙问。

我无法回答，继续大哭着，一边用那顶粗呢帽子擦着脸颊，直擦得脸颊通红。

"你说呀，为什么哭呢？"

"就因为你病得太重。"我回答道。其实这并不是真正的原因。事实上是那股强烈而又充满温情的怜悯的浪潮，也就是那曾一度袭击过我的浪潮又突然向我涌来的缘故，而我又没有其他办法加以发泄。

"其实并没有那么严重。"布洛西劝慰我。

"你很快会复原吗？"

"嗯，可能的。"

"究竟还要多长时间呢？"

"我不知道。总还要拖一段时期。"

过了一会儿我发现他已经睡着，就又待了片刻，然后便径直下楼回家去了。回到家后母亲居然没有盘问我，这使我非常高兴。她肯定发现我的神色有所改变，也断定我已经体会到了一点儿什么东西，于是她一面用手抚摩着我的头发，一面点着头，却什么也没有说。

尽管发生了这种事儿，那一天我还是整日地任性放纵，胡作非为，不是和小弟吵架，就是去捉弄在厨房里干活的女仆，再不然就是在潮湿的草地上打滚，回到家里脏得像泥猴。总之，我肯定干了很多诸如此类的事。因为我至今仍记得清清楚楚，那天晚上母亲特别亲切而又严肃地看着我——也许母亲想让我在默默无言中专心回忆早晨的事情。我很理解她的心意，感到非常后悔。母亲察觉到了我的后悔心情，便做了一桩令我十分奇怪的事。她从窗台上端下一只陶器花盆递给我，装满泥土的花盆里种着一颗黑色的球状植物根，上面已经冒出两瓣尖尖的、淡绿色的、生气勃勃的嫩芽。这是一盆风信子。她边把花盆递给我，边说："小心点儿，从现在起它归你管了，以后会开出大红花的。花盆就放在那里，你得细心照料它，别让人碰坏了，也不要搬来搬去，每天必须浇两回水。倘若你忘记了，我会提醒你的。等到它开出了美丽的花朵，你就给布洛西送去，他会高兴的。你说好不好？"

　　母亲催我上床休息，我躺在床上还一直自豪地想着这盆花，似乎花朵盛开与否将是关系到我声誉的头等重要大事，可是就在第二天早晨我就忘了浇水，直到母亲提醒我。"布洛西的花怎么样啦？"她问道。以后很多日子里她也必须这样一次次提醒我。尽管如此，当时并没有任何东西像这盆花似的强烈地占据着我的心，给予我幸福的感觉。当时家里还养着其他许多花，有很多比它更大更美，不论在屋里还是在花园里，父母亲也常常指点我欣赏和照料。但是这盆花却破天荒地占据了我的心，我全神贯注地观察这一小生命的成长，精心照料着它，并充满了期望和忧虑。

　　最初几天这棵小花看上去萎靡不振，好像有什么地方受了伤，没能健康地成长。我先是为此担忧，后来就焦急不安起来，这时母亲对我说："你瞧，这盆花现在正和布洛西一样，病得很重。因此要加倍爱护和照料它。"

　　我理解了母亲的比喻，如今有一种全新的思想彻底占据了我的头脑。我感到这棵半死不活的小植物和我那病重的布洛西之间存在着一种神秘的关系，最后我甚至坚定地相信，只要风信子鲜花怒放，我那伙伴也就必然会恢复健康。倘若情况相反，那么我的朋友也必死无疑，因此我若稍有疏忽，也就要承担罪责。这种思想形成以后，我便像看守一个只有我才知道底细的、具有魔力的宝藏似的又担心又热情地看守着我的小花盆。

在我初次探病后三四天——那棵小植物看上去仍然是气息奄奄的样子——我又去了邻居家。布洛西仍然必须静卧，因而我什么话也没有说，我只是站在床边，瞧着病人仰天躺卧着的面容，布洛西躺在雪白的床单上显得温顺而安谧。他眼睛时睁时闭，身子则一动也不动，一个比较年长而聪明的人也许会看出小布洛西的灵魂已经很不安宁，很乐意考虑回天堂去了。正当我由于屋子里一片死寂而觉得恐怖时，布洛西的母亲进来了，她温和地拉起我的手蹑着脚走出房间。

我再次去看他时心情要开朗得多了，因为家里我那盆小花带着新的喜悦和生气萌出了尖尖的嫩芽。这回我的小病人也十分活泼。

"你还记得约可波活着时的情景吗？"他问我。

我们便回忆着那只乌鸦，讲到它的种种轶事，又模仿着它仅仅会说的三句短话，然后又热切他讲起了从前曾经在这里迷路的那灰红相间的鹦鹉。我滔滔不绝地诉说着，没有发觉布洛西早已疲倦，因为我忘乎所以，一时竟完全忘记了布洛西的病。我讲述着那只迷路鹦鹉的事，它是我们家的传奇。故事最精彩之处是：一个老仆人看见那只美丽的鸟儿停在我们家仓房的屋顶上时，便立即搬来一张梯子打算抓住它。他爬上屋顶，正想小心翼翼地靠近它时，那只鹦鹉却开口说话了："早安！"于是我们家的那位仆人脱下帽子，回答说："真对不起，我刚才几乎把你当成一只鸟了。"

我讲述着，心里想，布洛西一定会大笑出声的。但他并没有立即发笑，我十分惊讶地望着他。我见他非常文雅而又亲切地微微一笑，脸颊比方才略略红润些，可是他什么话也没有说，更没有笑出声来。

这时我突然觉得他似乎比自己年长许多岁。我的高兴劲儿一下子烟消云散了，代之而来的是迷惑和不安，因为我这才明白我们之间已产生了某种新的东西，使我们互相间变得陌生、隔阂了。

一只大冬蝇在屋子里嗡嗡营营地飞舞不停，我询问，要不要逮住它。

"不要，让它飞吧！"布洛西说。

在我听来连这句话也像是大人的口吻。我非常拘束地离开了他们家。

归家途中，我生平第一次体会到早春的美，它好似蒙着薄纱，让我充满幻想。后来，数年之后，直到我童年时代结束时，我才重新有这种体会。

这是什么感情，又从何而来，我自己也不明白。我只记得，当时有一股微风迎面吹来，田陇的边缘高耸着湿润的褐色泥土，在一块块田地间闪着耀眼的光芒，空气中弥漫着一股燥热风的特殊气息，我还记得自己想哼唱几支歌曲，但又立即中断了这种欲望，因为不知道什么东西压迫着我，促使我保持沉默。 这次访问邻人的短短归途给我留下了非常深刻的印象。对于当时所感受到的种种细微的东西，我确实难以记清了；不过有时候只要我闭上眼睛回溯过去，便能够再度以儿童似的眼睛观看大自然——这点是上帝的赠与和创造，仿佛看到了在朦胧而炽热的幻境中的无与伦比的美，而这些我们成年人只能在艺术家和诗人的作品中见到。这条归途大概不到二百步，但是我所体会到的，我所经历到的，不论是天上的事还是地下的事，全都比我后来的许多次旅行中所体验的要丰富得多。

光秃秃的果树上，那些盘绕交错的树枝梢已萌出了褐红色的细柔的新芽和带有松香味的花蕾，和风以及一堆堆云块掠过果树上空，树下则是洋溢着春天气息的赤裸裸的大地。雨水溢出水沟流到路上，

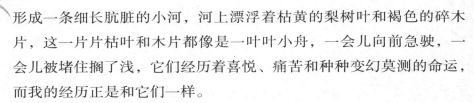

形成一条细长肮脏的小河，河上漂浮着枯黄的梨树叶和褐色的碎木片，这一片片枯叶和木片都像是一叶叶小舟，一会儿向前急驶，一会儿被堵住搁了浅，它们经历着喜悦、痛苦和种种变幻莫测的命运，而我的经历正是和它们一样。

一只乌黑的鸟儿猝然从我眼前飞过，在空中盘旋飞翔，它摇摇摆摆地扑打着翅膀，突然间发出一声长长的洪亮的颤音，接着猛地向高处冲去，闪烁着变成了一个小点，我的心也令人惊讶地跟随它飞向高处。

一辆空的运货车由一匹马拉着驶过我身边，我的目光跟随着隆隆作响的车辆，一直到它在附近的拐弯处消失为止，那车辆连同那匹强壮的烈马来自一个陌生的世界，又消失在陌生世界之中，它勾起我许多美丽的遐想，这些遐想又随它而去。

这是一个小小的回忆，或者说是两三个小小的回忆。但是谁能要求一个孩子在一个钟点或者更多一些时间内，把自己从石块、田地、鸟儿、空气、色彩以及阴影处获得的体会、激情和欢乐叙述得清清楚楚呢？况且后来我很快就把它们忘记得干干净净了；再说它们难道就没有影响我后来的生活和命运？地平线上那一丝特别的色彩，屋里、花园里或者森林里那一种极细微的声音，一只蝴蝶的美丽外表或者不知何处飘来的香味，这些常常在瞬间引起我对早年的全部回忆。它们虽然模模糊糊，一些细枝末节也难以辨别，但却全都具有和当时同样媚人的香味，因而在我和那些石头、鸟类以及溪流之间有一种内在的联系，我热切地去探索它们的痕迹。

我那盆小花开始往上长，叶片越来越大，看上去十分茁壮。我内心的喜悦以及我对小伙伴必定痊愈的信心也与日俱增。有一天，在那些肥厚的叶片之间终于长出了圆圆的红色花蕾，花蕾日益见大，不几天就开出了一朵充满神秘的镶着白边的美丽的卷瓣红花。那天我高兴得不得了，把原来打算小心翼翼地、自豪地把花盆捧到邻居家送给布洛西的事，也居然忘记得干干净净。

接着又是一个晴朗的星期天。黑黝黝的田地里已经冒出碧绿的嫩芽，天上的云朵都镶着金边，在潮湿的大街上、庭园里和广场上都映着一片片澄净柔和的蓝天。布洛西的小床移到了窗户边，窗台上鲜红的风信子花正朝着太阳，闪烁出耀眼的光芒。布洛西请我帮他略略坐直身子，让他斜倚在枕头上。

他说的话比往常多些，温暖的阳光令人高兴地照在他蓬松的金发上，金发熠熠生辉，把他的耳朵也映得通红。我感到很欣慰，因为布洛西显然很快便可完全康复。他的母亲坐在我们旁边，等她觉得我们已经谈得差不多时，便送给我一只她冬天储藏的大黄梨，并打发我回家。我刚走下台阶就把梨子咬了一口，熟透的梨很软，像蜜一般甜。汁水顺着腮帮一直流到了手上。半路上我把吃剩的梨核用力一扔，梨核从高空中落进了田地里。

第二天下了整整一天雨，我只能待在家里，大人允许我洗干净手后随意翻阅有插图的《圣经》，其中有许多我心爱的故事，而我最喜欢的是《天堂里的狮子》、《艾利沙的骆驼》和《摩西的孩子们在芦苇中》。但是第二天仍然没完没了地下着大雨，下得我火冒三丈。大半个上午我呆呆地瞪视着窗外瓢泼大雨下的庭院和栗子树，接着就把自己所知道的玩具一样样依次玩了一遍，等到一切都玩过之后，天色已近黄昏，这时又和弟弟打了一架。还是老花样：我们先是闹着玩，后来小家伙骂了我一句脏话，我便揍了他，他就号叫着逃出房间，穿过走廊、厨房、楼梯和起居室，来到母亲身边，扑进她的怀里，母亲叹着气让我走开。后来父亲回家了，她便把打架的事一五一十地向父亲述说了，他惩罚了我，训斥一通后即刻打发我上床睡觉，我感到难以名状的不幸，泪汪汪的，却倒也很快就睡着了。

大概就在第二天的早上，我又到布洛西家去了，站在他的床前，他母亲总是把一根手指放在嘴前向我示意别出声，布洛西双目紧闭躺在床上，发出轻轻的呻吟声。我胆怯地望着他的脸，只见他脸色苍白，由于痛苦而歪扭着。

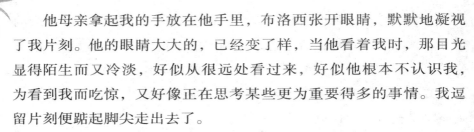

　　他母亲拿起我的手放在他手里，布洛西张开眼睛，默默地凝视了我片刻。他的眼睛大大的，已经变了样，当他看着我时，那目光显得陌生而又冷淡，好似从很远处看过来，好似他根本不认识我，为看到我而吃惊，又好像正在思考某些更为重要得多的事情。我逗留片刻便踮起脚尖走出去了。

　　当天下午，他母亲在他的央求下，给他讲起故事来，他听着听着就昏昏沉沉地睡着了，一直睡到傍晚，这段时间里他那微弱的心跳动得越来越慢，终于完全停止了。

　　夜里我上床安睡时，我母亲已得知这个消息。而直到第二天早晨喝完牛奶后，她才把事情告诉我。那天我整日像梦游神似的到处转悠着，脑子里一直想着布洛西，他已经升入天堂，会不会也变成天使。我不知道他那肩上有着大伤疤的瘦瘠的身躯是否还躺在隔壁房子里，我丝毫也没有听说埋葬的事，也没有看到埋葬他。

　　很长一段时期内，我脑子里尽想着这件事，直至已故者的身形在我的记忆里逐渐遥远、逐渐消失。后来，春天突然早早降临了，黄色、绿色的鸟儿飞过山头，花园里散发出草木的香味，栗树正在慢慢地发芽，探出柔软卷曲的嫩叶。一道道水沟边，金黄色的花朵在肥壮的茎秆上展现着灿烂的笑容。

作者简介 ◆

恰佩克

（1890～1938）

捷克小说家、剧作家。著有《意大利书简》等多部游记，代表作品有散文《明亮的深潭》，戏剧《罗素姆万能机器人》、《母亲》，科幻小说《专制工厂》、《原子狂想》、《鲵鱼之乱》以及《第一救生队》等。

蓝色的菊花

"现在听我给你们讲讲克拉拉花是怎么出世的。"上了年纪的伏利努斯说，"当年，我在鲁班纳茨城给公爵管过利赫登堡花园。嘿！这老公爵算得上是个行家。花园里的树都是从英国维茨赫老爷那里一棵棵运来的，从荷兰，光是郁金香秧子就买了一万七千棵！这只是顺便举两个例子罢了。有个星期天，我在鲁班纳茨城的街上遇见了克拉拉。她是当地的一个又聋又哑、疯疯癫癫的呆傻姑娘，走到哪里就得意洋洋，咿咿呀呀地叫到哪里。咳！也真让人纳闷，为什么呆傻的人总是那么心满意足、兴高采烈的？我怕她又要抓着我亲嘴，正想要躲开，忽然看见她那脏手里抓着一把花。有的是莳萝花，也有些一钱不值的野花，你知道，要说花我可见得多了，可那一次真把我惊呆了。原来这疯丫头的花里还夹着一朵日本蓝菊，你知道吗？蓝颜色的，有如桔梗石竹那样的蓝，带些淡灰色，还镶着一道软缎似的粉红边儿。花冠像风铃草那样饱满。其实这些都不算稀奇。主要还是那颜色！直到今天，在多年生的印度菊花中也还找不到这样好的颜色。当年我在维茨赫老爷的父亲那里当差时，詹姆斯爵士有一次对我炫耀说，"前一年他们有一株菊花开花了，是直接从中国引进的，花微微发紫，可惜到冬天那菊花就枯萎了。而那天傻姑娘的黑手里却拿着一朵如此迷人的蓝色菊花。"

"好，言归正传。"傻姑娘克拉拉见了我高兴地叫着，一下子把花塞给了我。我赏给她一个克朗，指着那朵花问道："克拉拉，你从哪里摘来的？"克拉拉得意地咯咯大笑起来。可除了笑，我什么也没探听到。我对着她喊叫，打手势。一切白搭。她一个劲儿地要搂我。我赶紧拿着这朵珍贵的蓝色菊花一路小跑着回去向老公爵禀报："爵爷，咱们附近有这种花，是不是去找找看。"老公爵一看，马上叫人套上马车，吩咐人带上克拉拉一起去找。可是，克拉拉却不知跑到哪里去了。我们站在马车旁等着，足足等了一个钟头，一边等着一边骂。顺便说一句，你知道，这位老爵爷以前是当过骠骑兵的。我们还没有骂够呢，克拉拉便又伸着个舌头跑过来了，还把一大把刚折下来的蓝菊塞给了我。公爵递给她一百克朗。克拉拉一看便失望地哭起来了。可怜的丫头，一百克朗的票子她还没有见过呢！我只好给了她一个克朗哄她。她这才高兴地又跳又叫。我们让她坐在车把式旁边，指指那蓝色的菊花对她说："克拉拉，领我们去找！"

克拉拉坐在驾车台上兴奋得大声喊叫着。不过，那位坐在她身边的车把式大人心里有多么恼火也就不难想象了。还有她那一阵阵的号叫时不时地把马都吓惊了。这趟车坐得可真见鬼！看看走了有一个半小时，我开口了："大人，我们起码已经走出十四公里啦！"

"管它走了多远，"公爵嘟哝着，"一百公里也没关系。"

"是啊，"我回话说，"不过克拉拉去拿第二把花时来回才用了一个钟头，估计那地方离鲁班纳茨城再远也不会超过三公里。"

"克拉拉，"公爵指着那束蓝菊花对着她大声说，"这花到底长在哪里？你在哪里找到的？"

克拉拉咿咿呀呀地叫着，一个劲儿指着前方。也许她是想表示自己坐马车真高兴呢。当时我真怕公爵会把她送去杀掉。我的上帝，那老头子一发起火来真是不得了！马累得嘴吐白沫，克拉拉大叫着，公爵咒骂着，车把式气得几乎要哭出来，我这时心里盘算着怎样才能找到那蓝色的菊花。"爵爷！"我说，"这样下去可不行，我看咱不要克拉拉带路了。咱们用圆规在地图上画一个半径为三公里的圆圈，然后把这个圈分成几大块，再挨家挨户地去找。"

"可是，"公爵说，"鲁班纳茨城三公里方圆内压根儿没有花园。"

"这才好呢，"我答道，"花园的花都是老一套，最多能找到昙花之类的东西。您看，这菊花的茎下面沾着点滑溜溜的黄泥，显然不是什么肥土，恐怕是上的人粪。另外，我们应该到鸽子爱呆的地方去找，因为这叶片上有不少鸽子屎。还有这花的叶柄下还有点杉树皮的碎末，所以它一定是长在没有剥过皮的树棍搭的篱笆旁边。好了，我看这些就是线索了。"

"什么线索？"公爵问。

"就这些呗！"我说，"反正在方圆三公里之内所有农舍都得找遍。我们几个人分成四路：您，我，您的园丁，加上我的帮手文策尔。就这么办，好吧？"

第二天早上我刚起床，克拉拉又给我送来一束蓝菊。随后，我查访遍了我分的那个地段。每家饭铺我都进去喝点啤酒，吃些干奶酪，见人就打听哪里见到过这种蓝菊花。唉，就甭提了，那些干奶酪吃得我后来直泻肚子。那一天特别热，就像有的年份九月末秋老虎那样。我一见住家就往里钻，挨的骂，听的那些难听话，可真不少。人家不是把我当成疯子，就是当成暗探，或是衙门里跑腿的。等到了晚上，毫无结果，只有一点是可以肯定的：我的那个地段里一株蓝菊也不长。其他三个地段也一无所得。倒是克拉拉又给我送来一把新摘下来的蓝菊。

你知道，在那个地方，公爵可算是个大人物了。他传话把警官们叫来，每人发了一朵蓝菊，说是谁要能替他找到这种花，一定重重有赏。警官嘛，老兄，那可是有文化的人啊！个个都是能读书看报的，对当地的每块石头都了如指掌，而且又都是很有影响的人物。你想想看，那天六位警官，带着各村村警，各村村长，中小学生，学校教师，外加一帮茨冈人，把方圆三公里地区搜了个遍。见什么花摘什么，都送到了公爵的庄园。老天爷，那么多的花，简直像是到了圣休节一样。可是，那蓝菊还是一朵也没有。我们派人去把克拉拉看住，可夜里她逃跑了。到夜里十二点她又给我抱来了一大把蓝菊。我们赶紧把她关起来，怕她把花都给摘光了。我们真是什么招数也没有了。真的，就像进了迷魂阵一样，找不到出路。你想想，就那么巴掌大的一块地方，都搜遍啦，可就是……

人在不顺心或遇到倒霉事的时候，有时变得粗鲁些，这是可以理解的，这一点我很清楚。可是，那公爵为了菊花竟说我是跟克拉拉一样的白痴，这我可受不了，我不能任凭这老蠢货骂我。我马上离开了那里，直接到火车站去买了张票走了，从此再也没有回过鲁班纳茨城。等我找好座位，火车开动时，我呀，竟像个孩子一样伤心地哭了起来。我难过的是就此和蓝菊永别，再也见不到它了。我脸朝着窗外，哭着哭着，突然看到铁路边有一样蓝色的东西闪了一下。恰佩克先生，你想得到吗？这一发现竟然有那么大的威力，它把我从座位上弹了起来，下意识地拉下了紧急制动闸。火车跌跌撞撞地煞住了，我被甩到了对面的座位上，这手指头就是那次给撞断的。等列车员跑来时，我结结巴巴地说，我把东西落在鲁班纳茨城了，为此罚了我一大笔钱。下了车，我一瘸一拐地一面骂着，一面沿着铁路朝着那蓝色的东西走去，心里说："我这蠢货，说不定那不过是株秋天开花的普通翠菊或者别的什么野花，我却好端端地扔掉一大笔钱，罪过呀！"走出了大概五百米远，我已经在想，哪能有这么远，该不是走过了吧，要不那蓝色只是幻觉。突然，在紧挨着铁道路基的土台上面有一座巡道工住的小屋，就在那屋外木栅栏旁边露出了蓝花——两株蓝色的菊花。

其实，巡道工们一般都种些什么，是连小孩子都知道的。除了白菜、西瓜外，无非就是些什么向日葵、一两株红玫瑰、锦葵、金莲花、大丽花之类，而这个人却连这些东西都没种。他只有点土豆、四季豆，一株接骨木，再有就是栅栏角上的两株蓝菊。

"喂！"我隔着栅栏问，"你从哪里搞到这蓝菊的？"

"那蓝色的？"那工人回答说："噢，那是前一个巡道工——死鬼切尔马克留下来的。可是，不许顺着铁路走啊，先生，你没见那里挂着'此处禁止通行'的牌子吗？你来干什么？"

"大叔，"我对他说，"那请问，上你这儿来该怎么走法？"

"沿着铁道呗！"巡道工顺口答道，"可是，上我这儿来干什么？快走开，真烦人，谁也不许踩铁路！"

"那么，我怎么走开呢？"我问。

"这我管不着，"他嚷叫道，"反正不许沿铁道走，没什么好讲价钱的！"

我往路基的边上一坐，说："老大爷，您把这蓝花卖给我吧！"

"不卖！"他嘟哝着说，"你快滚开！这里不许坐！"

"为什么？"我说，"这里又没有写着不让坐的牌子，这里是禁止通行，可我并没有走路啊！"

巡道老头好像找不到话来回答我，只是隔着栅栏骂我。看来这种脾气不过是孤独者的习惯，骂了一会儿就变成自言自语了。半个钟头后，他走出来要去巡查铁道了。

"怎么着？"他走到我旁边站住了，"你到底走不走？"

"我走不了呀！"我说，"铁路沿线禁止通行，别的路又没有。"

他想了想，"那么这么办吧，"他接着说，"等我走到那个路坡的后面，你赶快沿铁路走开，就算我没看见。"

我热情地感谢了他，当他一走到路坡的后面。我就爬过栅栏跳进他的小花园，然后用他的铁锹把那两株蓝菊掘出来。是啊，这也可以说是偷吧。我这人是老实人，一辈子共偷过七次东西，偷的都是花。

一个钟点以后，我已坐在火车上，带着偷来的蓝色菊花回家去了。火车走过巡道工的小屋时，他正拿着小旗站着，带着一副倒霉的神情。我向他挥帽致意，不过，他并没有认出我来。

你想，老兄，只因为那里竖着一个'禁止通行'的牌子，结果不管是我们也好，宪兵、茨冈人或孩子们也好，谁都没有想到上那里去找蓝菊。先生们，这就是告示的威力。即便那巡道工小屋旁长着蓝色的樱草、智慧之树或者是什么黄金的羊齿苋，什么东西也不会被人发现。因为有明文规定铁路沿线是严禁通行的，有这一条就行了。倒是疯姑娘克拉拉走到了那里，因为她呆傻，又不识字。

所以，我给这蓝菊起了克拉拉这个名字。这花我精心培育已经有十五年了；确切地说，是用好土好水把它娇惯了十五年。那粗心的巡道工根本不给它浇水，土地硬得像锡块。可在我家每年都是春天发芽，夏天就得一种寄生菌的病，到八月就蔫了。咳！世界上只是我有这两株真正蓝色的菊花，可它怎么也不开花，没法拿出去让人们见识见识。那些什么紫菊、青菊啊，那颜色不过是略微发紫，而克拉拉呀，有朝一日要是开起花来，那将会惊动全世界呢！

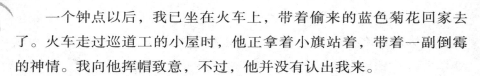

威尼斯

一

假如说下面所写的，多少有点零乱，不甚清晰，这不能怪我，因为我所经历的事情，还有待进一步整理。这回的见闻，委实不少了，留待以后处理，那就是全然忘掉它们。现在只能大致分为我所喜欢的和不喜欢的两个标题，稍微归纳一下。

我不喜欢的事物是什么呢？首先是捷克斯洛伐克，因为它的边防海关吊销了我去意大利使用的银行支票。海关官员要我选择，或者返回家去，或者一文不名地前往意大利。我是个固执的人。管它呢，没有支票也要继续前往。我一边走，一边诅咒共和国、衰老的奥地利和边境上那位面容修饰一新的官员。其次是不喜欢维也纳，因为一顿晚餐要花两三万，这么大的数目是教人不大舒服的；再说，这城市死气沉沉，人们郁郁寡欢。三，威尼斯游客太多。德国人大多数背着背包，穿呢子衣服；英国人手提照相机；从臂膀可以分辨谁是美国人；捷克人则像德国人，说话大叫大嚷，这也许是因为我国空气稀薄的缘故吧。四，圣·马可，这里指的不是建筑艺术，而是一种机制管风琴，上面有个小孔，扔六分钱进去，就能奏出流行曲调《歌唱威尼斯》。我没有找到小孔，它当然也不会为我演奏。五，新婚夫妇，不知为什么，我不喜欢。六，威尼斯女人，我也不欣赏，因为她们大都是俄罗斯人，有的面孔黑得像魔鬼，两眼却闪着情欲之火，身穿长摆服，头发卷成纯粹威尼斯型，这种发式是颇能迷人的。她们对殷勤的陪伴者说："好，好，明白了！"对此我却缺乏想象力。我不喜欢的事物至少还可以列出一打，但欢乐的双翼驱使我急急忙忙地来叙述我所喜爱的事物。

我喜欢的事物是什么呢？最使我满意的恐怕首先要数卧铺车厢。那漂亮的卧车上，安装着精美的铜横杆、开关、按钮、把手和各种各样的机关。你只要按一下或者拉一下，一张舒适的卧铺就出来了。这种发明创造真好，我整晚摆弄那玩艺，按按这，拉拉那。可那个挂衣架，我却摆弄不了，也许是我太笨拙。身居这些东西之中，也许能做个甜蜜的梦。其次是意大利的宪兵。从边境开始，他们总是两人一排，制服的后襟上挂着两枚手榴弹，头戴船形帽，仿佛是古时候的学院教师，不过帽子是横着戴的。他们特别使我产生好感，不过又觉得有些滑稽可笑。第三，是那些不毗连运河和宫殿的小街，蜿蜒曲折，有的至今还不为人们所熟悉；说不定有的小胡同，人迹也不多见了；像样一点的小巷，一米来宽，不长，活像一座迷宫，你在其中难辨古今，难寻出处。我自夸有辨别方向的本领，昨天却在那里兜了两个小时的圈子；从圣·马可广场到里雅多，只要十多分钟，我转了两个小时，仍旧回到了原地。我觉得，威尼斯的街道，酷似东方，这大概是因为东方我从未去过；我还觉得像中世纪，这也许是因为，我压根儿就不是中世纪的人，但从瓦尔帕乔的画作看来，昔日的威尼斯同今天并无什么不同，只是那时没有旅游者罢了。第四，令人称心如意的是，这里没有汽车、自行车、马车、手推车或大轿之类。但是第五，有很多很多的猫，比圣·马可广场的鸽子还多。有大猫，眼珠混浊的猫，眼珠明亮的猫。它们白天在走廊带着幽默的神情观察行人，夜间发出奇怪的尖叫声。第六，意大利皇家海军，身穿蓝色制服的小伙子们，还有漂亮的战舰，帆船，轮船，划子，银灰色鱼雷炮艇，渡船等，每只船都那样美，值得用一个姑娘的名字命名。大概因为我是个小伙子，所以也想当一名海军了。时至今日，我仿佛还能望见莉达号轮船，扬起风帆，消失在东方的海面。洁白的帆，一直吸引着我，比起那白纸支票，更使我久久难以忘怀。有了支票，没有船只，我照样难以发现一个新的国度。

二

关于威尼斯，我不想多费笔墨了。我认为人人都熟悉它，它的确像五光十色的"威尼斯纪念品"。当我第一次站立在圣·马可广场时，真是眼花缭乱。一种受压抑的感觉久久无法摆脱，似乎这并不是实在的威尼斯，而只是一所正在举办的威尼斯之夜大游乐场。我只盼着欣赏吉他弹奏，等着船夫像舒茨那样高唱船歌。幸好他没有开口，没有狠狠敲我一竹杠，只是举起收费单在我眼前晃了几下。是的，他无疑是一位诚实的表里如一的人。

这里的大运河大概会使你失望。人们传说运河区的宫殿巍峨雄伟，金碧辉煌；也有人说它们只是残垣断壁，令人惆怅。我在这里只不过发现了一种低劣粗糙的哥特式建筑。威尼斯贵族用著名的"石雕花边"装饰建筑物的正面，看起来像女人的胸罩。遗憾的是，我对这种装饰和整个古玩商店缺乏感受力。各种各样的东西，曾经从外地源源运到这里：希腊圆柱，东方香料、波斯地毯、拜占庭杂货、锦缎、哥特式建筑和文艺复兴艺术品。凡是富丽堂皇的东西，对商人都是有好处的。看一看威尼斯的文艺复兴成果，就知道它只不过吸收了古希腊的柯林斯城的风格、栏杆柱、凉台、大理石和整套豪华装饰，几乎没有一点创新。我看只有建筑物正中敞开的凉廊，算得上一点新玩艺。它虽然美观，但作为优秀建筑艺术，却远远不够。威尼斯人唯一的才华表现在巴洛克式建筑艺术方面，这种建筑糅合了东方的因素、哥特式装饰和浓厚的文艺复兴成分。这一切，使威尼斯成为地球上最具有巴洛克建筑特色的城市。但是，假如我没有弄错历史的话，当真正的巴洛克式兴起的时候，威尼斯城已是望尘莫及了。

现在我才懂得，我对威尼斯的美为什么如此感兴趣。这里只有宫殿教堂，几乎没有普通人的住宅。不论屋檐，正门，还是圆柱，都显得光秃，密集，暗淡，杂芜，形象虽然生动，但都散发着古物的霉味，没有显示出一点实用的美。当你走过豪华的屋檐和方格木框组成的入口时，就是受到欢迎，你也不会高兴。一切都这般乏味，毫无庄重之感。数以百计的宫殿，说不上是文化，只能算作财富；不表现生活的美，只是讲排场。别以为这是地方不够，而实在是它过于古板呆滞。就是在今天，威尼斯的气氛也是沉闷、沮丧的，因为它促使人堕落沉沦，娇慵懒散。

不过，威尼斯有其迷人之处。当你漫步街头的时候，就如同在梦幻中一样。一条条运河，流水潺潺，圣·马可教堂的声乐队，用十多种语言，不停地唱着赞美诗，使你再也听不到其他的声音，你迷离恍惚，如醉如痴。当你登上莉达号轮的时候，耳旁突然响起了电车和自行车的叮当声，仿佛还有马蹄声，一下子将迷人的气氛搅乱了。可是天哪，这座城市连一匹活着的马也没有呀！说实在话，威尼斯最迷人的地方，只能用嗅觉和听觉来欣赏，那就是海湾的浓郁的咸味和附近沸腾的人声。

作者简介 ❖

维克多·弗兰克

（1905～1997）

奥地利心理学家、精神病学家。主要著作有《人类对意义的追寻》、《意义的呼唤》、《活出意义来》、《意义的意愿》、《无意识的上帝》。

活出意义来

生命的意义

生命的意义因人而异，因日而异，甚至因时而异。因此，我们不是问生命的一般意义为何，而是问在一个人存在的某一时刻中的特殊的生命意义为何。用概括性的措辞来回答这问题，正如我们去问一位下棋圣手说："大师，请告诉我在这世界上最好的一步棋如何下法？"根本没有所谓最好的一步棋，甚至也没有不错的一步棋，而要看弈局中某一特殊局势，以及对手的人格形态而定。

生命中的每一种情境向人提出挑战，同时提出疑难要他去解决，因此生命意义的问题事实上应该颠倒过来。人不应该去问他的生命意义是什么。他必须要认清，"他"才是被询问的人。一言以蔽之，每一个人都被生命询问，而他只有用自己的生命才能回答此问题；只有以"负责"来答复生命。因此，"能够负责"是人类存在最重要的本质。

爱的意义

爱是进入另一个人最深人格核心的唯一方法。没有一个人能完全了解另一个人的本质精髓，除非爱他。借着心灵的爱情，我们才能看到所爱者的精髓特性。更甚者，我们还能看出所爱者潜藏着什么，这些潜力是应该实现却还未实现的。由于爱情，可以使所爱者真的去实现那些潜能。凭借使他理会到自己能够成为什么，应该成为什么，而使他原有的潜能发掘出来。

苦难的意义

当一个人遭遇到一种无可避免的、不能逃脱的情境，当他必须面对一个无法改变的命运——比如罹患了绝症或开刀也无效的癌症等等——他就等于得到一个最后机会，去实现最高的价值与最深的意义，即苦难的意义。这时，最重要的便是：他对苦难采取了什么态度？他用怎样的态度来承担他的痛苦？

我下面要引证一个清晰的例子：

一位年老的医师患了严重的忧郁症。两年前他最挚爱的妻子死了，此后他一直无法克服丧妻的沮丧。现在我怎样帮助他呢？我又应该跟他说些什么呢？我避免直接告诉他任何话语，反而问他："如果是您先离世，而尊夫人继续活着，那会是怎样的情境？"他说："喔！对她来说这是可怕的！她会遭受多大的痛苦啊！"于是我回答他说："现在她免除了这痛苦，那是因为您才使她免除的。所以您必须付代价，以继续活下去及哀悼来偿付您心爱的人免除痛苦的代价。"他不发一语地紧紧握住我的手，然后平静地离开我的诊所。痛苦在发现意义的时候，就不成为痛苦了。

作者简介 ❖

索菲娅·德·安德森

（1919～　）

葡萄牙当代女诗人、散文家与小说家。代表作《路遇》。

 路　遇

十一月末的一天下午，已经看不到任何一点秋天的痕迹。

城市里到处挺立着深色石头砌成的墙。高深莫测的天空布满阴霾，染上一层阴冷的色调。街道两侧人行道上熙熙攘攘的行人相互碰撞着朝前赶路。马路上车水马龙，川流不息。

那天下午四点钟左右，天空中既无太阳又迟迟不下雨。

街上有许许多多的人。我匆忙地走在人行道上，不知什么时候，我走在了一个衣着寒酸的男子身后，他怀中抱着一个金发儿童，她秀美动人，充满稚气的脸庞简直无法用言语去描述。这美仿佛夏日初露的晨曦，恰似一朵含苞欲放的玫瑰，宛如一滴玲珑剔透的露珠，把大自然的美融汇在一起，造就了一个天真无邪的儿童难以置信的美。我的视线本能地被儿童的脸深深地吸引住了但那男子却步履蹒跚，艰难地走着，在城市浩荡的人流的裹挟下，我被推到他的前面。在超过他的一刹那，我回过头又看了看那儿童。

就在这时，我才看清楚了那个男子，我马上停住脚步。他是一位非凡俊美的男子，大约三十岁左右，他棱角分明的面庞映现出贫困、邋遢和孤独；透过那褪了色发出暗绿的西服，仿佛让人一眼就能看到他被饥饿所摧残的躯体。淡褐色的中分头发略微有些长，多

世界散文精品集丛书

日未刮的胡须又从两鬓滋生出来，但他那被贫困雕塑的消瘦面庞却显露出其五官的美。而他最美的却是他那一双眼睛、一双浅色的眼睛，仿佛闪耀着孤独与温柔的光亮。正当我窥视他之际，他抬头朝无垠的苍穹望去。

我无法描述他当时的表情。高阔的天空，没有回音，满是清冷的色彩。他扬头望天，那举止就像某人已经超越了某种极限，再无任何东西可奉献了，于是他转向苍天寻求答案。痛苦从他的脸上向外流溢着，忍耐、恐惧和疑虑同时涌上他的面部，他沿着人行道的里侧、街墙，极其缓慢地向前走着。他昂首挺胸，仿佛整个身躯屹立在他的疑虑之上，他抬头遥望苍穹，但看到的却是一片寂静的平原。

这一切都发生在一瞬间，但那男子的西服、面庞、目光和表情，我至今还记忆犹新，正因为如此，我现在无法以清醒的头脑重新审视我当时的内心世界。仿佛看见他，我的心就变得空空荡荡的。熙熙攘攘的人流不停地向前奔涌着。这里是城市中心的中心。那男子独自一个人缓慢地走着。川流不息的行人从他身边匆匆走过，似乎谁也没有看到他。

只有我一个人徒劳地站住了，但那男子连看也没有看我一眼。我想为他做点事，但又不知道该做什么，他的孤独是我的任何表示都徒劳的，孤独在包围着他，并把他同我分隔开来。任何表示都太晚了，已到了无可挽回的地步。我的双手当时像被绳索绑住似的，就像有时在梦境中，想反抗，但又无能为力。

他步履蹒跚地向前移动着。我迎着对面而来的人流，站立在人行道的中间。我感觉到整座城市在推搡着我，企图把我同那男子分开。他昂着头，紧紧抱着那儿童，贴着冰凉的石墙跌跌撞撞，一步一步向前挪动着。但没人注意到他。

现在我想到了当时应该为他做些什么，必须抓准时机。当机立断，而当时的优柔寡断却紧紧压迫我的灵魂，束缚住我的双手，使我糊里糊涂，难以从迷茫中醒悟，一个劲儿地在犹豫与疑虑之间徘徊。我令人生畏地站立在人行道的中间，整座城市在推搡着我。远处的一座时钟敲响了，向人们报告着时间。

这时，我才想起有人正在等着我，我要迟到了。在那男子身边行走的人，都在盯着我。我不能继续站立在那里了。

我在人流中仿佛被别人抓住了。我放弃了挣扎，不再逆流而上，随波逐流了。我被人流的波浪冲得远远的，终于离开了那个男子。

但是，当我继续被淹没在除了脑袋就是肩膀的人行道上时，那男子的形象却仍旧悬浮在我的眼前。我不由产生了一种模模糊糊的感觉，似乎在他身上有我曾相识的某种东西。或者他勾起我对记忆中的某个人的萦怀。

我飞快地回忆起曾经生活过的一切地方。一幅幅图像摇晃着、颤抖着从我眼前飞逝而过，什么也没有找寻到。我又试着重新汇集我记忆中所看过的每一幅画、每一本书和每一张照片，可仍旧没有找到那男子的形象：高昂着头遥望苍天；一副无限孤独、邋遢与充满疑虑的神情。

终于，在他的形象的启迪下，在我记忆的深处，一个字一个字地缓慢而清晰地响起了：

"爸爸，爸爸，你为什么要抛弃我呀？"

我茅塞顿开，明白了为什么被我撇在身后的那男子对我来说是如此的熟悉，他的形象与我脑海里出现的另一个形象是如此相同。

"爸爸，爸爸，你为什么要抛弃我呀？"

姿势也是那种姿势，目光也是那种目光，同样的痛苦，同样的邋遢，同样的孤独，经历了人世间的冷酷与凌辱，他的肉体濒临死亡，上帝沉默而无情地宣判了他的精神上的死刑。

空阔冷漠的苍穹笼罩着一座座昏暗的城市。

我转过身子，迎着对面滚滚而来的人潮逆流而上，我担心再也找不到他了。行人多如牛毛，到处都是晃动的肩膀、脑袋、肩膀……突然间，我从人群的缝隙间望见了他。

他站在那里，仍旧抱着那个孩子，朝天空望着。

我几乎是推搡着过往的行人，向他跑去。离他仅有两步之远了，正在这时，那男子突然跌倒在地上，从他的嘴角涌出了一股殷红的血，而他的双眼依然流露出忍辱的神情。

抱着的孩子也随他一起滚落在人行道上，受了惊吓的孩子把头埋在沾着鲜血的裙子上放声大哭。

奔流的人群终于滞留住了，在那男子的周围成了一个图圈。一副副无比强壮有力的肩膀将我挤到了后边。我站到了圆圈的外面曾试图冲破它，但没有成功。挤得水泄不通的人群宛如一具庞大紧缩的躯体。我身前几个比我高的人挡住了我的视线。我想知道发生的事，便求别人让一让，我试着推了推前面的人，但没有一个人理睬我。我听见了里面的哀叹声，呵斥声与哨子声。不大一会儿工夫，开来一辆救护车，围得紧紧的人群打开了一道缺口，那男子和孩子全然不见了。

顷刻间，人群散离而去了，我留在了人行道的中间，在城市节奏的推动下，朝前走去。

许多年过去了，那男子肯定早已离开了人间，但他的身影依旧在我的身边，在城市的街道上徘徊。

作者简介 ❖

杰克·伦敦

（1876～1916）

美国著名的现实主义作家，著有《马丁·伊登》、《野性的呼唤》、《海狼》、《白牙》、《老头子同盟》、《北方的奥德赛》、《马普希的房子》等。

论作家的人生哲学

　　终生只想制作粗制滥造的作品的文学匠，不要读这篇文章，因为它只是白白地浪费了时间，又破坏了自己的情绪。这篇文章不包括怎样编排手稿，怎样加工塑材这样的建议，也不包括对编辑的大笔的任意所为，对副词与形容词变化的评价加以分析。

　　不可救药的多产作家们，此文不是为你们写的，文章是给有理想的作家——即使他目前只写出了很平庸的作品，是给追求真正的艺术并幻想着他不必再向农业报纸或家庭杂志登门求告的时刻的作家们写的。

　　亲爱的先生们、太太、小姐们，在您选中的部门里，您取得了什么成就？您是天才吗？原来您并不是天才。如果您是天才，便不要读此文，天才把一切桎梏和偏见抛到一边，不能控制它，不能令其顺从。天才！珍贵的鸟，像我和您一样，不在每一片树丛中飞来飞去。

　　也许您是有才华的人，当然，这也可能。当赫拉克勒斯还在襁褓时，他的二头肌也细得可怜。您也是这样，您的才华还没有得到发展。假如它得到适当的营养，它就会像样地成长起来，您便不会因读此文而浪费了时间。如果您真的相信您的才华已经成熟，那时便放下它，不要再读下去。如果您认为它还没有达到这一水平，那么在您看来要通过怎样的方法才能达到呢？

"要做一个有独创性的人。"您不假思索地回答到。而后又添加到："逐渐地发展自己的独创性。"

好极了。

但是问题并不在于做一个有独创性的人，这连黄口小儿也知道。而在于怎样成为有独创性的人？怎样唤起读者对您的作品的强烈兴趣而使出版商极想得到它？

亦步亦趋地跟在别人，哪怕是最有才华的人的后边，反射着别人独创性的光芒，也不能成为有独创性的人。要知道，任何人也没有为瓦尔特·斯可特和狄更斯，为埃得加·坡和郎费罗，为乔治·埃略特和亨福利·瓦尔得夫人，为斯帝文森和吉普林、安东妮·贺普、马丽·高利利、斯帝文、克来恩，以及许多其他作家，名单可以无限延长，铺平道路。出版商和读者直到如今还闹嚷嚷地要他们的书。他们达到了独创性。为什么？就是因为他们不像随风转动的无思无虑的顺风旗，他们的起点也就是那些和他们一起而终为败北者的起点。他们所得到的遗产也是那个世界以及那些平淡无奇的传统。但是他们同败北者的区别只有一个，就是他们抛弃了别人使用过的材料，而直接从源泉汲取。他们不相信别人的结论，别人权威性的意见。他们认为必须在自己经手的事业上打上自己个人的烙印。标志要比作者的权利重要得多。他们从世界及其传统，换言之，从人类的文化和知识汲取为建立自己的人生哲学所必需的材料，就像从直接源泉汲取一样。

至于人生哲学这一用语并没有准确的定义。首先人生哲学不解决个别问题，它不特别集中注意这样的问题，诸如过去和将来灵魂之受苦、不同的或共同的两性道德的规范、妇女的经济独立、性能遗传的可能性、招魂术、变异、对酒精饮料的看法等等，不过他还是要研究这些问题，以及在生活道路上经常遇到的一切其他障碍。

这不是抽象的，脱离现实的，而是日常的工作的人生哲学。每一个获得持续成就的作家都有这样的哲学。这样的作家有特殊的、他个人独特的对事物的看法，他用一个尺度或一组尺度来衡量落入他的视野里的一切。根据这个哲学，他创造性格，并作出某些概括。由于他，他的创作看来是健康的、真实的、新鲜的、显露出世界期待听取的新东西。这是他个人的，而不是被重新安排好的、老早就被咀嚼过的全世界都已知晓的真理。但是，请谨防误会，掌握这种哲学完全不意味着从属于教学论。根据任何理由表达个人观点的才能，并不能成为用教训小说烦扰读者的依据，可是也不禁止这样做。应当看到，作家的这个哲学很少表现为想让读者这样或那样地解决某个问题，只有不多的几个大作家才是公开进行教育的。同时，某些作家，如大胆而优美的罗伯特·路易斯·斯蒂文森都完全把自己表现在创作中，甚至回避对教训的暗示。

许多人把自己的哲学当作秘密的工具，他们借助哲学形成了思想、情结、性格，在完美的作品里，他渗透在各个方面而不显露出来。必须懂得，这些工作的哲学使作家不仅可以把自己而且也可以把他审查过的和评定过的，通过他的我而反映出来的东西写进自己的著作里去。

以上谈到的，可以通过智力的巨人，著名的三巨头，莎士比亚、歌德、巴尔扎克的例证，特别鲜明地予以说明。他们个人是个人，以至不能把他们相互比较。每一个人从自己的仓库里，从自己的工作哲学中挖掘，又按照个人的理想创作自己的作品。非常可能，在刚一出生时，他们和一般的孩子没有什么两样，然而，他们从世界及其传统中学会了某种他们的同龄人没有学会的东西，而正是那个，是应当告诉给世界的。而您呢？青年作家，您有什么要说的？如果有，又是什么使您不能说出来呢？如果您能够发表世界愿意听到的那些思想，您就像您所想的那样表现出来吧。如果您想得清楚，您也会写得清楚。如果您的思想有价值，您的文章也会有价值。但是，如果叙述得淡然无味，那是因为您的思想淡然无味。如果您的叙述很狭隘，那是因为您本身狭隘。如果您的思想不清楚和自相矛盾，难道可以期待表现得清楚吗？如果您的知识是贫乏和杂乱无章的，难道您的叙述会是流畅和合乎逻辑的吗？没有巩固的基础，没有工作的哲学，难道可以从混乱中造出秩序来？难道能够正确地理解和预见吗？难道可以确定您所拥有的那一点点知识的大小和相对价值吗？而没有这一切，难道您能够是您自己吗？难道您能给被操劳过度而弄得疲惫不堪的世界带来什么新的东西吗？

只有一个方法能够赢得这样的哲学，这就是探求的方法，从知识宝库，从世界文化中汲取材料，从而形成这一哲学的方法。当您还不理解作用于锅底的力时，您知道蒸汽的气泡是什么？当一个艺术家还没有形成关于欧洲历史和神话学的概念，还不懂得总的形成犹太人性格的不同特点——他的信仰和理想、他的热情和眷恋、他的希望和恐惧，难道能够画出戴金冠的耶稣像来吗？如果作曲家对伟大的古日尔曼史诗一无所知，他能创作出瓦尔基利亚女神来吗？这一切都和您有关。您必须学习，您应当学会带着观点观察生活。为了理解某个运动的性质和发展阶段，您应当知道那些促使个人和群众行动起来的动机，那些产生了伟大的思想，并使之发挥作用，把约翰·布朗送上了绞刑架，把基督送到厄尔厄他的动机。作家，应当掌握生活的脉搏，而生活便给他个人的工作哲学。借助于这种哲学，他本身便开始评价、衡量、对比，并向世界说明生活。正是这个个人的烙印，个人对事物的观点被称之为个性。

从历史学、生物学，从学习进化论、伦理学，以及从一千零一种知识部门，您知道些什么？您表示异议说：可是我看不到这一切怎么会帮助我写小说或长诗？他毕竟会帮助您的。不是直接的，而是间接的影响，知识给您的思想以广阔天地，扩大您的视野，开拓您的活动范围，知识用自己的哲学武装您，这种哲学和其他任何一种哲学一样，将唤醒您独创性的思想。可是这项任务太庞大了，您抗议说：我没有时间。然而它的规模并没有吓住别人。您可以生活很多很多年。当然，不能期望着您会懂得一切。然而正是根据您将掌握知识的程度、您的写作技艺和您对他人的影响，不断地增长。

时间，当谈到时间不够时，指的是不能够有效地利用时间。您学会了正确地读书吗？在一年里，您在多少本平庸的短篇和长篇小说上消耗了多少时间？或者企图研究短篇小说的写作艺术，或者锻炼自己的批评才能？您从头到尾读完了几本杂志？这就是您的时间，而您糊里糊涂地把它浪费掉了。而它不再回来。要学会精心地选择阅读材料，学会快速阅读，抓住主要的东西。您讥笑老年人昏匮糊涂，他们通读每天的报纸，包括广告。难道您逆着当代文学的洪流而拼命挣扎就不那么可怜吗？还是不要避开这一洪流，要读好一些的，只是好一些的书。不要怕放下已经开始还没有读完的短篇小说。要记住，只有读别人的作品，您才能重新安排作品，否则，您本人就没有什么好写的了。时间，如果您不去寻找时间，我向您担保，世界不会寻来时间听您使唤。

作者简介 ◆

梭罗

（1817～1862）

美国作家、哲学家。著有散文集《瓦尔登湖》。

不觉寂寞

在任何大自然的事物中，都能找出最甜蜜温柔、最天真和鼓舞人的伴侣，即使是对愤世嫉俗的可怜人和最忧郁的人也一样。只要是生活在大自然中并具有五官的人，就不可能有很阴郁的忧虑。对于健全而无邪的耳朵，暴风雨还真是伊奥勒斯的音乐呢。什么也不能迫使单纯而勇敢的人产生庸俗的感觉。当我享受着四季的友爱时，我相信什么也不能使生活成为我沉重的负担。有时好雨洒在我的豆子上，使我在屋里待上一整天，这雨既不使我沮丧，也不会使我抑郁，虽然它使我不能够锄地，但它比锄地更有价值。如果雨下得太久，使地里的种子、低地的土豆烂掉，它对高地的草还是有好处的；既然它对高地的草很好，它对我也就是很好的了。有时，我将自己和别人做比较，好像我比别人更得诸神的宠爱，比我应得的似乎还多，好像我有一张证书和保单在他们手上，别人却没有，因此我受到了特别的引导和保护。我并没有自吹自擂，可是如果可能，倒是他们称赞了我。我从不觉得寂寞，也一点不受寂寞感的压迫，只有一次，在我进了森林数星期后，我怀疑了一个小时，不知宁静而健康的生活中是否应当有些近邻，独处似乎不很愉快。同时，我觉得我的情绪有些失常，但我似乎也预知自己会恢复正常。当这些思想

春天的遐想

占据我的时候，温和的雨丝飘洒下来，我突然感觉到能跟大自然做伴是如此甜蜜受惠，就在这滴答滴答的雨声中，我屋子周围的每一个声音和景象都有着无穷无尽的友爱，这种气氛一下子把我想象中的有邻居方便一点的思潮压下去了，从此之后，我就没有再想到过邻居这回事。

每一枝小小的松针都富于同情心地胀大起来，成了我的朋友。我明显地感到这里存在着我的同类，虽然我是处在一般人所谓凄惨荒凉的境况中，然而那最接近于我的血统，而且我发现最富于人性的并不是某个人或村民，从今后再也不会有什么地方能使我觉得陌生了。

我最愉快的时光在于春秋两季的长时间暴风雨当中，这弄得我上午下午都被困在室内，只有不停止的大雨咆哮安慰着我。我从微明的早晨进入了漫长的黄昏，其间有许多思想扎下了根，并发展了它们自己。

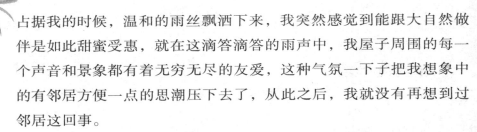

倍克田庄

有时我徜徉到松树密林下，它们很像高峙的庙宇，又像海上装备齐全的舰队，树枝像波浪般摇曳起伏，还像涟漪般闪烁生光，看到这样柔和而碧绿的浓阴，便是德罗依德也要放弃他的橡树林而跑到它们下面来顶礼膜拜了；有时我跑到了弗灵特湖边的杉木林下，那些参天大树上长满了灰白色浆果，它越来越高，便是移植到伐尔哈拉去都毫无愧色，而杜松的盘绕的藤蔓，累累结着果实，铺在地上；有时，我还跑到沼泽地区去，那里的松萝地衣像花彩一样从云杉上垂悬下来，还有一些菌子，它们是沼泽诸神的圆桌，摆设在桌面，更加美丽的香蕈像蝴蝶或贝壳点缀在树根；在那里淡红的石竹和山茱萸生长着，红红的桤果像妖精的眼睛似的闪亮，蜡蜂在最坚硬的树上攀缘，刻下了深槽，野冬青的浆果美得使人看得流连忘返；此外还有许许多多野生的不知名的浆果使他目眩五色，它们太美了，不是人类应该尝味的。我并没有去访问哪个学者，我访问了一棵棵树，访问了在附近一带也是稀有的林木，它们或远远地耸立在牧场的中央，或长在森林、沼泽的深处，或在小山的顶上；譬如黑桦木，我就看到一些好标本，直径有两英尺；还有它们的表亲黄桦木，宽驰地穿着金袍，像前地绘着苔藓之色，我只知道有一个这样的小小的林子，树身已相当大了，据说还是一些被附近山毛榉的果实吸引来的鸽子播下的种子；当你劈开树木的时候，银色的细粒闪闪发光，真值得鉴赏；还有椵树、角树；还有学名为 Celtisoccidentalis 的假榆树，那就只有一棵是长得好的；还有可以作挺拔的桅杆用的高高的松树，以及作木瓦用的树；还有比一般松树更美妙的我们的铁杉，像一座宝塔一样矗立在森林中；还有我能提出的许多别的树。在夏天和冬天，我便访问这些神庙。

　　有一次巧极了，我就站在一条彩虹的桥墩上，这条虹罩在大气的下层，给周围的草叶都染上了颜色，使我眼花缭乱，好像我在透视一个彩色的晶体。这里成了一个虹光的湖沼，片刻之间，我生活得像一只海豚。要是它维持得更长久一些，那色彩也许永远染在我的事业与生命上了。而当我在铁路堤道上行走的时候，我常常惊奇地看到我的影子周围，有一个光轮，不免自以为也是一个上帝的选民了。有个访客告诉我，他前面的那些爱尔兰人的影子周围并没有这种光轮，只有土生土长的人才有这特殊的标志。班文钮托·切利尼在他的回忆录中告诉过我们，当他被禁闭在圣安琪罗宫堡中的时候，在他有了一个可怕的梦或幻景之后，就见一个光亮圆轮罩在他自己的影子的头上，不论是黎明或黄昏，不论他是在意大利或法兰西；尤其在草上有露珠的时候，那光轮更清楚。这大约跟我说起的是同样的现象，它在早晨显得特别清楚，但在其余的时间，甚至在月光底下，都可以看到。虽然经常都如此，却都没有被注意，对切利尼那样想象力丰富的人，这就足以构成迷信基础了。他还说，他只肯指点给少数人看，可是，知道自己有着这种光轮的人，难道真的是卓越的吗？

有一个下午我穿过森林到美港去钓鱼，以弥补我的蔬菜的不足。我沿路经过了快乐草地，它是和倍克田庄紧相连的，有个诗人曾经歌唱过这僻隐的地方，这样开头：

> 入口是愉快的田野，
> 那里有些生苔的果树，
> 让出一泓红红的清溪，
> 水边有闪逃的麝香鼠，
> 还有水银似的鳟鱼啊，
> 游来游去。

还有我没有住到瓦尔登之前，我曾想过去那里生活。我曾去"钓"过苹果，纵身跃过那道溪，吓唬过麝香鼠和鳟鱼。在那些个显得漫长、可以发生许多事情的下午中间的一个，当我想到该把大部分时间用于大自然的生活，因而出动之时，这个下午过去了一半。还在途中呢，就下了阵雨，使我不得不在一棵松树下躲了半个小时，我在头顶上面，搭了一些树枝，再用手帕当我的遮盖；后来我索性下了水，水深及腰，我在梭鱼草上垂下了钓丝，突然发现我自己已在一块云底下，雷霆已开始沉重地擂响，我除了听他的，没有别的办法。我想，天上的诸神真神气，要用这些叉形的闪光来迫害我这个可怜的没有武装的渔人。我赶紧奔到最近一个茅屋中去躲，那里离开无论哪一条路，都是半英里，它倒是跟湖来得近些，很久以来就没有人在那里住了。

这里是诗人所建，在他的风独残年，看这小小的木屋，也有毁灭的危险。

缪斯女神如此寓言。可是我看到那儿现在住着一个爱尔兰人，叫约翰·斐尔德，还有他的妻子和好几个孩子，大孩子有个宽阔的脸庞，已经在帮他父亲做工了，这会儿他也从沼泽中奔回家来躲雨，小的婴孩满脸皱纹，像先知一样，有个圆锥形的脑袋，坐在他父亲的膝盖上像坐在贵族的宫廷中，从他那个又潮湿又饥饿的家里好奇地望着陌生人，这自然是一个婴孩的权利，他却不知道自己是贵族世家的最后一代，他是世界的希望，世界注目的中心，并不是什么约翰·斐尔德的可怜的、饥饿的小子。我们一起坐在最不漏水的那部分屋顶下，而外面却是大雨，又是大雷。我从前就在这里坐过多少次了，那时载了他们这一家而漂洋过海到美国来的那条船还没有造好呢。这个约翰·斐尔德显然是一个老实、勤恳，可是没有办法的人；他的妻子呢，也是有毅力的，接连不断地在高高的炉子那儿做饭；圆圆的、油腻的脸，露出了胸，还在梦想有一天过好日子呢；手中从来放不下拖把，可是没有一处看到它发生的作用。小鸡也躲雨躲进了屋，在屋子里像家人一样大模大样地走来走去，跟人类太相似了，我想它们是烤起来也不会好吃的。它们站着，望着我的眼睛，故意来啄我的鞋子。同时，我的主人把他的身世告诉了我。他如何给邻近一个农夫艰苦地在沼泽上工作，如何用铲子或沼泽地上用的锄头翻一片草地，报酬是每英亩十元，并且利用土地和肥料一年，而他那个个子矮小、有宽阔的脸庞的大孩子就在父亲身边愉快地工作，并不知道他父亲接洽的是何等恶劣的交易。我想用我的经验来帮助他，告诉他我们是近邻，我呢，是来这儿钓鱼的，看外表，好比是一个流浪人，但也跟他一样，是个自食其力的人；还告诉他我住在一座很小的、光亮的、干净的屋子里，那造价可并不比他租用这种破房子一年的租费大；如果他愿意的话，他也能够在一两个月之内，给他自己造起一座皇宫来；我是不喝茶、不喝咖啡、不吃牛油，不喝牛奶，也不吃鲜肉的，因此我不必为了要得到它们而工

春 天 的 遐 想

作；也因为我不拼命工作，我也就不必拼命吃，所以我的伙食费数目很小；可是因为他一开始就茶、咖啡、牛油、牛奶和牛肉，他就不得不拼命工作来偿付这一笔支出，他越拼命地工作，就越要吃得多，以弥补他身体上的消耗，——结果开支越来越大，而那开支之大确实比那时日之长更加厉害了，因为他不能满足，一生就这样消耗在里面了；然而他还认为，到美国来是一件大好事，在这里你每天可以吃到茶、咖啡和肉。可是那唯一的真正的美国应该是这样的一个国家，你可以自由地过一种生活方式，没有这些食物也能过得好，在这个国土上，并不需要强迫你支持奴隶制度，不需要你来供养一场战争，也不需要你付一笔间接或直接的因为这一类事情而付的额外费用。我特意这样跟他说，把他当成一个哲学家，或者当他是希望做一个哲学家的人。我很愿意让这片草原荒芜下去，如果是因为人类开始要赎罪，而后才有这样的结局的。一个人不必去读历史，才明白什么东西对他自己的文化有益。可是，唉！一个爱尔兰人的文化竟是用一柄沼泽地带用的锄头似的观念来开发的事业。我告诉他，既然在沼泽上拼命做苦工，他必须有厚靴子和牢固衣服，它们很快就磨损破烂了，我却只穿薄底鞋和薄衣服，价值还不到他的一半，在他看来我倒是穿得衣冠楚楚，像一个绅士（事实上，却并不是那样），而我可以不花什么力气，像消遣那样用一两个小时的时间，如果我高兴的话，捕捉够吃一两天的鱼，或者赚下够我一星期花费的钱。如果他们和他的家庭可以简单地生活，他们可以在夏天都去拣拾越橘，以此为乐。听到这话，约翰就长叹一声，他的妻子两手叉腰瞪着我，似乎他们都在考虑，他们有没有足够的资金来开始过这样的生活。或者学到的算术是不是够他们把这种生活坚持到底。在他们看来，那是依靠测程和推算，也不清楚这样怎么可以到达他们的港岸；于是我揣想到了，他们还是会勇敢地用他们自己的那个方式来生活，面对生活，竭力奋斗，却没法用任何精锐的楔子楔入生活的大柱子，裂开它，细细地雕刻；——他们想到刻苦地对付生活，像人们对付那多刺的蓟草一样。可是他们是在非常恶劣的形势下战斗的，——唉，约翰·斐尔德啊！不用算术而生活，你已经一败涂地了。

"你钓过鱼吗？"我问。"啊，钓过，有时我休息的时候，在湖边钓过一点，我得到过很好的鲈鱼。""你用什么钓饵！""我用鱼虫钓银鱼，又用银鱼为饵钓鲈鱼。""你现在可以去了，约翰。"他的妻子容光焕发、满怀希望地说，可是约翰踌躇着。

阵雨已经过去了，东面的林上一道长虹，保证有个美好的黄昏。我就起身告辞。出门以后，我又向他们要了一杯水喝，希望看一看他们这口井的底奥，完成我这一番调查；可是，唉！井是浅的，尽是流沙，绳子是断的，桶子破得没法修了。这期间，他们把一只厨房用的杯子找了出来，水似乎蒸馏过，几经磋商，拖延再三，最后杯子递到口渴人的手上，还没凉下来，又混浊不堪。我想是这样的脏水在支持这条生命；于是，我就很巧妙地把灰尘摇到一旁，闭上眼睛，为了那真诚的好客而干杯，畅饮一番。在牵涉到礼貌问题的时候，我在这类事情上，并不苛求。

雨后，当我离开了爱尔兰人的屋子，又跨步到湖边，涉水经过草原上的积水泥坑和沼泽区的窟窿，经过荒凉的旷野，忽然有一阵子我觉得我急于去捕捉梭鱼的这种心情，对于我这个上过中学、进过大学的人，未免太猥琐了；可是我下了山，向着满天红霞的西方路，一条长虹挑在我的肩上，微弱的铃声经过明澈的空气传入我的耳中，我又似乎不知道从哪儿听到了我的守护神在对我说话。——要天天都远远地出去渔猎，——越远越好，地域越宽广越好，——你就在许多的溪边，许许多多人家的炉边休息，根本不用担心。记住你年轻时候的创造力。黎明之前你就无忧无虑地起来，出发探险去。让正午看到你在另一个湖边。夜来时，到处为家。没有比这里更广大的土地了，也没有比这样做更有价值的游戏了。按照你的天性而狂放地生活，好比那芦苇和羊齿，它们是永远不会变成英吉利干草的啊。让雷霆咆哮，对稼穑有害，这又有什么关系呢？这并不是给你的信息。他们要躲在车下，木屋下，你可以躲在云下。你不要再以手艺为生，应该以游戏为生。只管欣赏大地，可不要想去占有。由于缺少进取心和信心，人们在买进卖出、奴隶一样过着生活哪。

呵，倍克田庄！

以小小烂漫的阳光

为最富丽的大地风光。……

牧场上围起了栏杆，

没有人会跑去狂欢。……

你不曾跟人辩论，

也从未为你的疑问所困，

初见时就这样驯良，

你穿着普通的褐色斜纹。……

爱者来，

憎者亦来，

圣鸽之子，

和州里的戈艾·福克斯，

把阴谋吊在牢固的树枝上！

人们总是夜来驯服地从隔壁的田地或街上，回到家里，他们家里响着平凡的回音，他们的生命，销蚀于忧愁，因为他们一再呼吸着自己吐出的呼吸；早晨和傍晚，他们的影子比他们每天的脚步到了更远的地方。我们应该从远方，从奇遇、危险和每天的新发现中，带着新经验，新性格回家来。

我还没有到湖边，约翰·斐尔德已在新的冲动下，跑到了湖边，他的思路变了，今天日落以前不再去沼泽工作了。可是他，可怜的人，只钓到一两条鱼，我却钓了一长串，他说这是他的命运；可是，后来我们换了座位，命运也跟着换了位。可怜的约翰·斐尔德！我想他是不会读这一段话的，除非他读了会有进步，——他想在这原始性的新土地上用传统的老方法来生活，——用银鱼来钓鲈鱼。有时，我承认，这是好钓饵。他的地平线完全属于他所有，他却是一个穷人，生来就穷，继承了他那爱尔兰的贫困或者贫困生活，还继承了亚当的老祖母的泥泞的生活方式，他或是他的后裔在这世界上都不能上升，除非他们的长了蹼的陷在泥沼中的脚，穿上了有翼的靴。

春天的退想

作者简介 ❖

塞缪尔·麦科德·克
罗瑟斯

（1857～1927）

美国散文作家。代表作品《现代散文》。

人人想当别人

　　人生许多微不足道的烦躁都是由于人人想当别人的自然欲望所导致的，它使社会不能完美地组织起来，不能让每个人都各司其职，各就其位。想当别人的欲望常常引导我们去做一些严格意义上来说并不属于自己分内的事。我们的天赋与才能常常超出我们自己行业与职务的狭小范围。每个人都觉得自己才过其位，大材小用，因而无时无刻不在做着那种空头理论家们所谓的"额外工作"。

　　一个态度认真的女佣人不会满足于只干几件指定的差事。她身上还有没用完的精力。她的志向是做一名家庭改革方面的专家。于是她来到徒有其名的主人的书桌前，在那上面进行一番彻底改革。

　　按照她的整洁观念，所有文件都重新进行了归置。当那位可怜的主人回来后，发现为他所熟悉的杂乱无章已经变成面目可憎的整洁时，他简直成了一个反动分子。

　　一位秉性严肃的市电车公司经理绝不会只从运送乘客方面，和使乘客觉得便宜、舒适这一简单责任中获得满足感。他要发挥道德促进会宣讲人的职责。于是，当一位可怜的乘客正在皮带环的下面摇摇晃晃站立不稳时，他却要为这位乘客读点儿东西，请求他发扬基督徒的美德，不要推挤。

一个人走进理发店，目的只是刮刮胡子而已，但却遇到一位雄心壮志的理发师。这位志向高远的理发师绝不满足于仅对人类的幸福安康做微小的贡献。他坚持认为，他这位顾客还需要洗发、修指、按摩、在滚热的毛巾下发汗、在电风扇下冷却等等，并在进行所有这些的同时，他的皮鞋还必须被重新上油擦拭。

　　当你看到有些人在接受种种他们并不需要的服务时所表现的忍耐，你不觉得奇怪吗？其实也不过是为了不伤害情愿多干点活的手艺人的感情罢了。你看，卧车中一些乘客站起身来让人家为他刷衣服时，有着一副多么耐心的神情啊，他们十有八九并不想让人去刷。他们宁愿衣服上留着灰尘也不愿被迫忍受这种事。但是他们明白不能让别人感到失望。这是整个旅行中的隆重仪式，是正式献礼之前不可缺少的。

　　人人想当别人，这种情形也是艺术家与文人学士出现越轨现象的一个重要原因。我们的画家、剧作家、音乐家、诗人以及小说作者也就像上面说的女佣人、电车公司经理与理发师一样，犯着人们所通有的毛病。他们总是希望"以最多的方式对最多的人们做最多的工作"。他们厌倦了自己所熟悉的东西，而喜欢尝试种种新的结合。于是他们经常把不同的事物拉扯在一起。一种艺术的实践者总是尽量用另外一种艺术制造出某种效果。

　　于是有的音乐家想当画家，像使用画笔一样来使用小提琴，他要让我们看见他为我们描绘的落日彩霞。而画家则想当音乐家，想把交响乐画出来，并很苦恼那些缺乏修养的人听不出他画中的音乐，虽然那些色彩的确不相协调。另一位画家则想当建筑师，希望他绘制出的图画能产生砖石砌成的感觉。结果他的作品倒很像一所砖房，但可惜在一般正常人看来却不像一幅图画。再如一位散文作家厌倦了写散文，而想当诗人。于是他在每一行开头用了大写字母以后，却继续按着他的散文手法来写。

　　再比如看戏剧。你带着你那简单的莎士比亚式的观念走进剧院，以为来到这里就是看戏。但是你的剧作家却想成为病理学家。于是你发现自己身陷诊所，四周阴森难耐。你本来到这里只是为了消遣，找个地方舒散心情，但你这位不入流的人士却走入了这个专门为你准备的场所，因此你不得不熬到终场。至于你有自己的苦衷这点并不成为充分的理由使你豁免。

又如你拿起一部小说来看，以为这肯定是一则故事。谁料到这位小说家却另有主张。他想充当你的精神顾问。他要对你的心智有所建树，他要把你的基本思想重新整理一番，他要抚慰你的灵魂，对你整个人进行清理。尽管你并不想让他为你做什么清理或调整，他却要为你做所有这些事。你不愿意让他改造你的心智。确实，你自己也只有那么一颗可怜的心，你自己的工作也还需要它。

作者简介 ❖

奥格·曼狄诺

（1924～1996）

美国作家、演说家。著作有《世界上最伟大的奇迹》、《世界上最伟大的推销员》、《世界上最伟大的成功》等。

我要笑遍世界

我要笑遍世界。

只有人类才会笑。树木受伤时会流"血"，禽兽会因痛苦和饥饿而哭嚎哀鸣，然而，只有我才具备笑的天赋，可以随时开怀大笑。从今往后，我要培养笑的习惯。

笑有助于消化，笑能减轻压力，笑是长寿的秘方。现在我终于掌握了它。

我要笑遍世界。

我笑自己，因为自视甚高的人往往显得滑稽。千万不能跌进这个精神陷阱。虽说我是造物主最伟大的奇迹，我不也是沧海一粟吗？我真的知道自己从哪里来，到哪里去吗？我现在所关心的事情，十年后看来，不会显得愚蠢吗？为什么我要让现在发生的微不足道的琐事烦扰我？在这漫漫的历史长河中，能留下多少日落的记忆呢？

我要笑遍世界。

当我受到别人的冒犯时，当我遇到不如意的事情时，我只会流泪诅咒，却怎么笑得出来？有一句至理名言，我要反复练习，直到它们深入我的骨髓，让我永远保持良好的心境；这句话，传自远古时代，它们将陪我渡过难关，使我的生活保持平衡。这句至理名言

就是：这一切都会过去。

我要笑遍世界。

世上种种到头来都会成为过去。心力衰竭时，我安慰自己，这一切都会过去；当我因成功洋洋得意时，我提醒自己，这一切都会过去；穷困潦倒时，我告诉自己，这一切都会过去；腰缠万贯时，我也告诉自己，这一切都会过去。是的，昔日修筑金字塔的人早已作古，埋在冰冷的石头下面，而金字塔有朝一日，也会埋在沙土下面。如果世上种种终必成空，我又为何对今天的得失斤斤计较？

我要笑遍世界。

我要用笑声点缀今天，我要用歌声照亮黑夜；我不再苦苦寻觅快乐，我要在繁忙的工作中忘记悲伤；我要享受今天的快乐，它不像粮食可以贮藏，更不似美酒越陈越香。我不是为将来而活，今天播种今天收获。

我要笑遍世界。

笑声中，一切都显露本色。我笑自己的失败，它们将化为梦的云彩；我笑自己的成功，它们恢复本来面目；我笑邪恶，它们远我而去；我笑善良，它们发扬光大。我要用我的笑容感染别人，虽然我的目的自私，但这确实是成功之道，因为皱起的眉头会让顾客弃我而去。

我要笑遍世界。

从今往后，我只因幸福而落泪，因为悲伤、悔恨、挫折的泪水毫无价值，只有微笑可以换来财富，可以建起一座城堡。

我不再允许自己因为变得重要、聪明、体面、强大而忘记如何嘲笑自己和周围的一切。在这一点上，我要永远像小孩子一样，因为只有做回小孩子，我才能尊敬别人；尊敬别人，我才不会自以为是。

我要笑遍世界。

只要我能笑，就永远不会贫穷。这也是天赋，我不再浪费它。

只有在笑声和快乐中，我才能真正体会到成功的滋味。只有在笑声和欢乐中，我才能享受到劳动的果实。如果不是这样的话，我会失败，因为快乐是提味的美酒佳酿。要想享受成功，必须先有快乐，而笑声便是那伴娘。

　　我要快乐。

　　我要成功。

春天的遐想

世界散文精品集丛书

作者简介 ❖

丽莎·普兰特

（生年不详）

美国作家。代表作《幸福是什么》、《简单生活》等。

简单之美

简单主义正在成为一种新兴的生活主张。因为大多数的生活，以及许多所谓的舒适生活，不仅不是必不可少的，而且是人类进步的障碍和历史的悲哀。人们更愿意选择另一种生活方式，过简单而且真实的生活。

斯迪芬在她所在的社区的一次停电中，发现了许多事情的真相。在那次意外的停电中，斯迪芬和她的家人，对科技强加的黑暗中的秘密十分感兴趣：不仅有神奇的萤火虫，还有城市的静寂、久违的家庭温馨和邻里的关怀。

其实，在离他们不远的地方，已经有些人选择了"无电源插头"的生活。

那么为什么要选择无电生活呢？最大的一个好处是：孩子们可以在无电视的环境里成长。没有暴力，没有商业行为，没有电子游戏。孩子们读书、爬树、在河里游泳……总之，他们像健康的小动物一样成长。其实，他们本来就应该是这样的。

另外一个好处就是：经济、省钱。人们不用月月缴纳电费、有线电视费以及各种网络有偿服务的费用，甚至不必受到电视广告的诱惑而增加不必要的消费。

三月的一个夜晚，瑞得·派克在他的无电小屋中和家人围坐在炉火前望着窗外的星空，静静地聆听，静静地观察。桌上几支蜡烛跳动着火焰，炉中的铁锅冒着热气。每一次小屋之行都让瑞得一家感到家庭的温馨和生活的恬静，夜晚也充满了神奇和憧憬。

　　当然，简单生活并不一定是物质的匮乏，但它一定是精神的自在；简单生活也不是无所事事，但却是心灵的单纯。一个清洁工和一个公司总裁同样可以选择过简单生活，一个隐居者和一个百万富翁如果都认同简单的做法，他们同样可以充分地吸取生活的营养，然后快乐终生。"简单"的关键是你自己的选择和内心感受，就像素食主义只是简单主义者的一种选择，但并非简单生活的实质。

　　简单其实是一种全新的生活哲学。当你用一种新的视野观看生活、对待生活时，你会发现许多简单的东西才是最美的，而许多美的东西正是那些最简单的事物。

春天的遐想

世界散文精品集丛书

作者简介 ◆

东山魁夷

（1908～1999）

日本风景画家、散文家。主要作品有散文集《听泉》《和风景的对话》《探求日本的美》等。

一片树叶

人应当谦虚地看待自然和风景。为此，固然有必要出门旅行，同大自然直接接触，或深入异乡，领略一下当地人们的生活情趣。然而，就是我们住地周围，哪怕是庭院的一木一叶，只要用心观察，有时也能深刻地领略到生命的含义。

我注视着院子里的树木，更准确地说，是在凝望枝头上的一片树叶。而今，它泛着美丽的绿色，在夏日的阳光里闪耀着光辉。我想起当它还是幼芽的时候，我所看到的情景。那是去年初冬，就在这片新叶尚未吐露的地方，吊着一片干枯的黄叶，不久就脱离了枝条飘落到地上。就在原来的枝丫上，你这幼小的坚强的嫩芽，生机勃勃地诞生了，任凭寒风猛吹，任凭大雪纷纷，你默默等待着春天，慢慢地在体内积攒着力量。一日清晨，微雨乍晴，我看到树枝上缀满粒粒珍珠，这是一枚枚新生的幼芽凝聚着雨水闪闪发光。于是我感到百草都在催芽，春天已经临近了。

春天终于来了，万木高高兴兴地吐翠了。然而，散落在地面上的陈叶，早已腐烂化作泥土。你迅速长成一片嫩叶，在初夏的太阳下浮绿泛金。对于柔弱的绿叶来说，初夏，既是生机旺盛的季节，也是最易遭受害虫侵蚀的季节。幸好，你平安地迎来了暑天，而今正同伙伴们织成浓密的青荫，遮蔽着枝头。

我预测着你的未来。到了仲夏，鸣蝉将在你的浓阴下长啸，而一场台风袭过，那喳喳蝉鸣变成了凄切的哀吟，天气也随之凉爽起来。蝉声一断，代之而来的是树根深处秋声的吟唱，这唧唧虫声，确也能为静寂的秋夜增添不少雅趣。你的绿意，不知不觉黯然失色了，终于变成了一片黄叶，在冷雨里垂挂着。夜来秋风敲窗，第二天早晨起来，树枝上已经消失了你的踪影。只看到你所在的那个枝头上冒出了一个嫩芽。等到这个幼芽绽放绿意的时候，你早已零落地下，埋在泥土之中了。

这就是自然，不光是一片绿叶，生活在世界上的万物，都有一个相同的归宿。一叶坠地，决不是毫无意义的。正是这片片黄叶，换来了整个大树的盎然生机。这一片树叶的诞生和消亡，正标志着生命在四季里的不停转化。同样，一个人的死关系着整个人类的生。死，固然是人人所不欢迎的。但是，只要你珍爱自己的生命，同时也珍爱他人的生命，那么，当你生命渐尽，行将回归大地的时候，你应当感到庆幸。这就是我观察庭院里的一片树叶所得的启示。不，这是那片树叶向我娓娓讲述的生死轮回的真谛。树是天空与大地交织的爱情，让一片树叶向人们讲述这生命的真谛。

听 泉

鸟儿飞过旷野，一批又一批。成群的鸟儿接连不断地飞了过去。有时候四五只联翩飞翔，有时候排成一字长蛇阵。看，多么壮阔的鸟群啊……

鸟儿鸣叫着，它们和睦相处，互相激励，但有时又彼此憎恶、格斗、伤残。有的鸟儿因疾病、疲惫或衰老而失掉队伍。

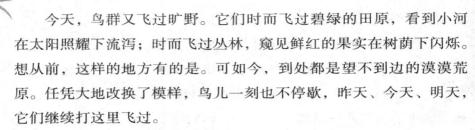

　　今天，鸟群又飞过旷野。它们时而飞过碧绿的田原，看到小河在太阳照耀下流泻；时而飞过丛林，窥见鲜红的果实在树荫下闪烁。想从前，这样的地方有的是。可如今，到处都是望不到边的漠漠荒原。任凭大地改换了模样，鸟儿一刻也不停歇，昨天、今天、明天，它们继续打这里飞过。

　　不要认为鸟儿都是按照自己的意志飞翔的。它们为什么飞？它们飞向何方？谁都弄不清楚，就连那些领头的鸟儿也无从知晓。

　　为什么必须飞得这样快？为什么就不能慢一点儿呢？

　　鸟儿只觉得光阴在匆匆忙忙中逝去。然而，它们不知道时间是无限的，永恒的，逝去的只是鸟儿自己。它们像着了迷似的那样剧烈，那样急速地振膈翱翔。它们没有想到，这会招来不幸，会使鸟儿更快地从这块土地上消失。

　　鸟儿依然忽喇喇拍击着翅膀，更急速，更剧烈地飞过去……

　　森林中有一双清澈的泉水，发出叮叮咚咚的响声，悄然流淌。这里有鸟群休息的地方，尽管是短暂的，但对于飞越荒原的鸟群说来，这小憩何等珍贵！地球上的一切生物，都是这样，一天过去了，又去迎接明天的新生。

　　鸟儿在清泉旁歇歇翅膀，养养精神，倾听泉水的絮语。鸣泉啊，你是否指点了鸟儿要去的方向？

　　泉水从地层深处涌出来，不间断地奔流着，从古到今，阅尽地面上一切生物的生死、荣枯。因此，泉水一定知道鸟儿应该飞去的方向。

　　鸟儿站在清澄的水边，让泉水映照着身影，它们想必看到了自己疲倦的模样。它们终于明白了鸟儿作为天之骄子的时代已经一去不复返了。

　　鸟儿想随处都能看到泉水，这是困难的。因为，它们只顾尽快飞翔。

　　不过，它们似乎有所觉悟，这样连续飞翔下去，到头来，鸟群

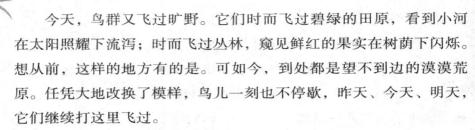

本身就会泯灭的。但愿鸟儿尽早懂得这个道理。

我也是群鸟中的一只，所有的人们都是在荒凉的不毛之地上飞翔不息的鸟儿。

人人心中都有一股泉水，日常的烦乱生活，遮蔽了它的声音。当你夜半突然醒来，你会从心灵的深处，听到幽然的鸣声，那正是潺湲的泉水啊！

回想走过的道路，多少次在这旷野上迷失了方向。每逢这个时候，当我听到心灵深处的鸣泉，我就重新找到了前进的标志。

泉水常常问我：你对别人，对自己，是诚实的吗？我总是深感内疚，答不出话来，只好默默低着头。

我从事绘画，是出自内心的祈望，我想诚实地生活。心灵的泉水告诫我：要谦虚，要朴素，要舍弃清高的偏执。

心灵的泉水教导我：只有舍弃自我，才能看见真实。

舍弃自我是困难的，甚至是不可能的，我想。然而，絮絮低语的泉水明明白白对我说：美，正在于此。

春天的遐想

作者简介 ❖

三木清

（1897～1945）

日本明治、大正、昭和时期哲学家。主要著作有《唯物史观与现代意识》、《历史哲学》、《构想力的伦理》、《哲学入门》等。

冥　想

　　有时，我与人谈着话会突然陷入沉默，这时是我正在接受冥想的访问。冥想常常是位意想不到的来客，不是我召唤冥想，冥想是不可能召唤的，冥想到来之时总是置一切于不顾。"从现在开始冥想"之类的说法实在是愚蠢之至。我所能办到的充其量是常常做好迎接这位不速之客的准备。

　　假定思索是由下而上升，那么冥想就是由上而下降。冥想具有某种天赋的性质，这种性质中有冥想和神秘主义之最深刻的联系。冥想或多或少是神秘的。

　　这位不速之客可能光临一切场合，不单单是人们安静地独处之时，就是在众人的喧哗之中，冥想也会飘然而至。孤独与其说是冥想的条件，不如说是冥想的结果。例如，面向许多听众讲话时，我会意想不到地受到冥想的袭击。这时，对于这位不可抗拒的闯入者，我或是扼杀或是整个地委身于它。冥想没有条件，这是将冥想看作上苍的赋予之最根本的理由。

　　柏拉图记载了苏格拉底在波提代亚阵营中连续一昼夜陷入冥想的事。那时，苏格拉底的确是在冥想而不是在思索。出现于市场，任意抓住谁高谈阔论，才是苏格拉底思索之时。思索的根本形式是对话。波提代亚阵营中的苏格拉底、雅典市场上的苏格拉底——再没有比这更明显地表现出冥想与思索差异的了。

思索与冥想的差异甚至表现在正当人们思索之时，也会陷入冥想中。

冥想没有过程。在这一点上，冥想与有过程的思索存在本质的区别。

冥想总是甜美的，因此人们渴望冥想。仅仅为此，人们才保持了对于神秘主义的喜爱。当然，冥想绝不依从我们的欲念。

任何富于魅力的思索，其魅力都基于冥想的神秘主义和形而上学。任何思索只有在这个意义上才是甜美的。思索不是甜美的事，所谓甜美的思索根本不是思索，存在于思索基础中的冥想才是甜美的。

冥想因其甜美而诱惑着人们。真正的宗教反对神秘主义就是因为这种诱惑。冥想是甜美的，但在人们受到这甜美的诱惑之时，冥想已不再是冥想，而成了梦想或空想。

能够产生冥想的是严谨的思维。对于冥想这位突如其来的拜访者，所做的准备就是具备训练有素的思维方法。

"冥想癖"的说法是矛盾的，因为冥想绝对不可能成为习惯性的。成了癖好的冥想根本不是冥想而是梦想或空想。

没有冥想的思想家是不存在的。因为冥想给予思想家以想象力，绝没有什么不具备想象力的真正的思想。真正富于创造的思想家往往是依据想象而严谨地进行思维的。

勤奋是思想家最重要的品格，以此可以将思想家和所谓冥想家、梦想家区别开来。当然，仅靠勤奋是不可能成为思想家的，思想家还必须具有上苍赋予的冥想。但是，真正的思想家又总是不断地与冥想的诱惑进行着斗争。

人可以边写作边思索或者根据写作而进行思索，但冥想却不是这样。冥想从某种意义上来说是精神的休息日。精神也和工作一样需要有闲暇。过多地写和完全不写对于精神都同样有害。

哲学文章中称为"休止"的东西就是冥想。思想的方式主要决定于冥想。如果冥想是旋律，那么，思想就是指挥棒。

在冥想的甜美之中或多或少有爱的成分。思索寓于冥想如同精神寓于肉体一样。

冥想从某种意义上来说，是思想的人的原罪。从冥想中，因而也就是从神秘中寻求解脱的思想是异端思想。解脱对于思想的人也像对于宗教信仰的人一样，仅仅是口头上的。

作者简介 ◆

泰戈尔

（1861～1941）

印度诗人、小说家、思想家。主要作品有《原野之花》、《吉檀迦利》、《飞鸟集》、《采果集》等。1931年获得诺贝尔文学奖。

为记住这一点而欢欣鼓舞吧

没有一个人长生不老，也没有一件东西永久存在。

兄弟，为记住这一点而欢欣鼓舞吧。

我们的一生不是一个古老的负担，我们的道路不是一条漫长的旅程。

一个独一无二的诗人不必唱一首古老的歌。花褪色了，凋零了，戴花的人却不必永远为它悲伤。

兄弟，为记住这一点而欢欣鼓舞吧。

一定要有完全的休止，才纺织成完美的音乐。为了沉溺在金色的阴影里，人生像夕阳沉落。一定要把爱情从嬉戏中唤回来饮烦恼的酒，一定要把它带到眼泪的天堂。

兄弟，为记住这一点而欢欣鼓舞吧。

我们赶紧采集繁花，否则繁花要被路过的风蹂躏了。

攫取那迟一步就会消失的吻，使我们的血脉畅通，眼睛明亮。

我们的生活是热烈的，我们的欲望是强烈的，因为时间在敲着别离的丧钟。

兄弟，为记住这一点而欢欣鼓舞吧。

我们来不及把一件东西抓住，挤碎，而又弃之于尘土。

春天的遐想

185

一个个时辰，把自己的梦藏在裙子里，迅速地消逝了。

我们的一生是短促的，一生只给我们几天恋爱的日子。

如果生命是为了艰辛劳役的话，那就无穷的长了。

兄弟，为记住这一点而欢欣鼓舞吧。

我们觉得美是甜蜜的，因为她同我们的生命依循着同样飞速的调子一起舞蹈。

我们觉得知识是宝贵的，因为我们永远来不及使知识臻于完善。

一切都是在永恒的天堂里做成和完成的。

然而，大地的幻想之花，是由死亡来永葆鲜艳的。

兄弟，为记住这一点而欢欣鼓舞吧！

图书馆

宁静的海洋是图书馆最恰当的比喻，奔涌千年的滚滚波涛被紧紧锁闭，变得像酣睡的婴儿一般悄声无息。在图书馆里，语言静寂无声，水流凝滞止息，人类灵魂的不朽光芒，为文字黑黝黝的链条所捆缚，幽禁于书页的囚室。没有能够预料它将何时暴动，冲破寂静，焚毁文字的藩篱，冲向广阔的世界。这好比喜马拉雅山头的皑皑白雪锁闭着汹涌洪水，图书馆也围拦着随时会一泻千里的思想的江河。

人们知道导线限制着电流，可有谁在乎过"静默"限制着"声音"，有谁在乎过人们将美妙的歌声、燃烧的希望、灵魂的欢呼、神奇的世界锁闭在纸里！有谁在乎过"往昔岁月"被幽闭到了"今日"！有谁在乎过漫漫岁月之上有一座用书架起的辉煌桥梁！

一踏进图书馆，我们便站立在无数道路纵横交错的交叉点上。有的道路通向宽阔的大海，有的道路通向起伏的群山，有的道路则

直通向人类的心灵深处。在这里，所有的道路都是一往无前。这狭小的书香之地，居然拘禁着人类精神的河流，拘禁着人类自我解放的辉煌灯塔。

犹如在海螺里能听得见海啸，人们在图书馆里能听见哪颗心脏在怦怦跳动？在这寂静之地，生者与死者同在，辩护与驳斥相伴，犹如孪生兄弟；在这里，疑虑与坚定，探索与发现，彼此形影不离；在这里，长寿者与夭折人心平气静地友好相处，没有嘲弄，也没有歧视。

人类的声音穿越河川、山峰、海洋，抵达图书馆这个目的地。这声音传自亿万年前的边缘。来啊，这里闪烁着光芒，高奏着伟大的生命之歌。

最早沐浴天堂之光的哲人对人们谆谆而语："你们全是天堂之子，你们身居仙境胜地。"哲人洪亮的声音化作许许多多文字，飞越千年尘雾，在图书馆里飘荡回响。

在孟加拉的原野上，我们难道就无言向上苍倾诉？我们难道就不能向人类社会吟唱出欢快的歌声？在世界热烈的合唱声中，难道唯有孟加拉寂然无声？

难道在我们脚下奔涌的海洋就无言向我们倾吐？我们古老的恒河难道就不曾从喜马拉雅山携来女神的仙曲？难道我们的头上就没有湛蓝无垠的天空？繁星一般书写在苍穹上的漫漫岁月的灿烂文字难道已被抹杀一尽？

经过了若干年的沉默，孟加拉大地上的生命已经成熟丰盈。

让这片大地用自己的语言倾吐理想与志向吧！世界之歌将因为汇入了孟加拉人的心声，而变得更加明丽动听！

春天的遐想

 春天的遐想

春风轻拂着田迪娑罗树新绽的绿叶。

纵观进化史,人类的一部分与树木不可分割。古时候,我们曾是猿猴,人体上找得到确凿的证据。但我们岂能忘记在那以前的原古时期,我们曾经是树木!洪荒年代杳无人烟的正午,春风不打个招呼,飒飒地从我们的枝叶间溜走。当时我们何曾撰写文章?何曾弃家为国效力?我们终日聋哑人似的伫立着,摇晃着,全身叶片像疯了一样沙沙地狂歌。从根须至芊芊嫩梢,体内奔涌着生命的洪流。二月,三月,是在液汁充盈的慵懒中,含糊不清的絮语中度过。为此不必回答任何质问。倘若你接口说,此后便是懊悔的日子,四月、五月的干旱,只能默默地忍受。我表示同意。对远古时代所作的猜测,有何理由不接受!享受滋生甘浆的日子,忍耐赤日炎炎的日子,这既然轻易地成为定规。那么,天宇饱盈的慰藉的甘露降落下来,也必有能力吮贮在骨髓里。

我本不愿讲这些话,免得让人怀疑我借助形象思维进行说教。不过,怀疑不是没有一点根据。我本来就有坏习惯嘛。我说过,进入进化的最后阶段,"人"分为许多类别:固体、植物、禽兽、野蛮人、文明人、神龛,等等,不同的种类有不同的诞生季节,哪一类归哪一个季节,确定的责任,不用我承担。发誓以一次决断一辈子应付局面,免不了说些假话。我同意说假话,但那般辛劳我承受不了。

如今我安闲地眺望前方,写文章择选自以为简单的题材。

漫长的冬天结束之后,今日中午,田野刚散出新春的气息,我在身上就察觉到世俗生活的极大的不和谐。它的乐调与广大的空间

不合拍。冬日世界对我的企望，至今原封不动地存在着。仿佛有一股势力，让心灵击败季节的嬗变，然后麻木不仁。心灵的才能超群绝伦，哪件事干得不漂亮？它可以不理睬南风，一溜烟进入大商店。我承认它能这样做。但它非这样做不可吗？南风不会因此死在家里？末了究竟谁蒙受损失？

前一段日子，我们的阿姆拉吉树、穆胡亚树和娑罗树的叶子萧萧飘零。帕尔衮月像远方的旅客走到门首，吹口气，树叶凋落即刻停止，枝条上绽放了嫩叶。

我们是俗人，没有那种本事。周围风变了，树叶变了，色彩变了，我们仍像套轭的黄牛，拉着旧岁的沉重包袱，车后尘土飞扬。驭手胸口顶着的仍是老式牛车。

手头没有日历，今天好像是帕尔衮月十五或十六了。春天的女神正值十六岁妙龄少女。然而，人间周报一如既往地出版、发行，有消息说，当局出于关心我们的利益，正一面忙着修改法律条款，一面加紧审理案件。茫茫宇宙之中，这些不是特别重要的事情。每年春天的使者全然不理会总督、县长、编辑、副编辑的忙碌，从南海波浪的盛大节日携来新生活的喜讯，在大地重新播布不朽生命的诺言。这对于人绝非小事，可惜我们没有闲暇细细玩味。

过去，听见天上打雷，我们立刻停课。雨季一到，外出做工的纷纷归来。我不敢断言：雨天无法学习，无法在外地工作。人是自主而特殊的，向来不牵着物质世界的衣摆。然而，人凭借力量越来越明显地叛逆瑰丽的自然难道合乎情理？人承认与自然的亲缘关系，对南风略表尊重，为欣赏天空翻卷的雨云而暂时停止学习、工作，停止批评法制，这不会在人世的合奏中掺入不协和的杂音。历史上规定某些日子禁食茄子、冬瓜、豇豆，看来得增加几条——哪个季节读报属非法活动，哪个季节不设法不上班是犯罪。这项任务不可交给缺乏幽默感的死脑筋，而应让学科创始人去完成。

情女的心儿在春天啜泣，这是我们的古诗中读到的诗句。如今

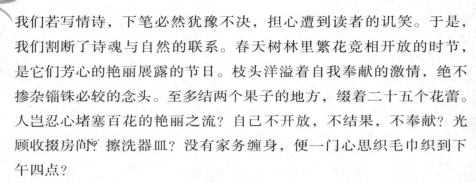

我们若写情诗，下笔必然犹豫不决，担心遭到读者的讥笑。于是，我们割断了诗魂与自然的联系。春天树林里繁花竞相开放的时节，是它们芳心的艳丽展露的节日。枝头洋溢着自我奉献的激情，绝不掺杂锱铢必较的念头。至多结两个果子的地方，缀着二十五个花蕾。人岂忍心堵塞百花的艳丽之流？自己不开放，不结果，不奉献？光顾收掇房间，擦洗器皿？没有家务缠身，便一门心思织毛巾织到下午四点？

我们彻头彻尾是人？与秘密酿造春天的甜蜜的枝条花叶毫无干系？鲜花和我们那么生疏，花开的吉辰，我们照样身着制服去上班？无可言喻的冲动，不曾使我们心像叶片一样微颤？

我今日承认我与树木有着源远流长的情意。我不同意紧张地工作是生活中无可比拟的成功的观点。森林女神，自古是我们的亲姐姐，今天邀请我们这些小弟弟进入她的华堂，为我们描吉祥痣。在那儿我们应该像和亲人团聚那样与树木团聚，捧着泥土在凉阴下消度时光。我欢迎春风欢快地掠过我的心田，但不要奋起林木听不懂的心语。直至杰特拉月下旬，我将在泥土、清风、空气中灌洗、染绿的生活播布四方，然后静立在光影之中。

可是，唉，没有一项工作停止。文债的账簿在面前摊开着。落入世风的庞大机器和杂事的陷阱。春天来了，依旧动弹不得。

我向人类社会恳切地呼吁；设法改变这种不正常的现状！人的光荣不在于与世界的脱离，人伟大是因为人中闻蕴藏世界的全部神奇。人在固体中是固体，在树木中是树木，在飞禽走兽中是飞禽走兽。自然王宫的每座殿堂对他是敞开的。但敞开又怎样！一个个季节从各个殿堂送来的请束。人若不收下，一动不动地坐在椅子上，那博大的权利如何获得？做一个完整的人，需和万物浑然交融；人为何不记住这一点，却把人性当做叛逆世界的一面小旗，高高举起？为何一再骄傲地宣称："我不是固体，我不是植物，我不是动物，我是人。我只会工作，批评，统治，反叛。"为何不谈："我是一切，

我与万物不可分离。独居的旗不属于我？"

　　咳，社会的笼中鸟！今天，高天的蔚蓝如思妇的瞳仁中浮现的梦幻。树叶的葱绿像少女秀额似的新奇。春风像团员的热望一样活跃，可你敛起翅翼。绕足的琐事的锁链叮当作响。

　　这，就是人生！

春天的退想

作者简介 ◆

乌尔法特

（1909～1977）

阿富汗散文家、诗人。主要作品有《散文选》、《诗选》、《论写作》，代表作是《两个葬礼》。

🍃 两个农夫

秋收后，地里的农活都干完了，农民们把打下的粮食收存起来并备好饲料，他们知道，冬天一下雪，就什么活也干不成了。每年到这个季节总是物价上涨，尤其饲料价格涨一倍不止。

一个老农这样盘算着：天冷了，这会儿耕牛不干活，光吃不干，饲料又这么贵，不如现在把牛卖了，还有，备好的饲料也能卖个好价钱。等严冬过去，春耕开始时再把牛买回来。

另一个老农没有耕牛，但他也有自己的精心打算。他想：这会儿冬天没活干，耕牛都吃闲饭。现在买牛，价钱便宜一半，不如这会儿就把牛先买下来，要是等到春天，这个价可就买不着喽！

两个老农都觉得自己的盘算很精明，于是，他俩成交了，买牛者为了养牛，还不得不把草料也都买下。

这场交易实际上是两个老农的才智和计谋的较量。

过了一段时间，在春天到来之前，买牛者的牛得了瘟病，他不得不把耕牛宰杀。卖牛者自认聪明得很，觉得牛卖的是时候，不然，像这样瘟疫一来，全亏了。村民们也互相传告说，卖牛的真聪明，买牛的可真亏了。此时买牛者也自认倒霉，他想，我真糊涂，怎么能在冬天买牛。

没过几天，卖牛者家里遭窃，不但钱财、粮食被抢劫一空，比遭瘟病更惨的是，这个老农连命都搭进去了。好端端的家庭破灭了，孤儿寡妇连生活都成了问题。村民们说，家里有现钱易遭灾啊！可怜的老农只想到卖牛的好处，他哪里能想到自己也会遭此大祸而一命呜呼！

两个老农谁聪明，怎样才算聪明，至今村里还议论纷纷。

作者简介 ❖

陶菲格·哈基姆

（1898～1987）

埃及小说家、戏剧家。作品有自传体长篇小说《灵魂归来》和《乡村检察官手记》、《来自东方的小鸟》等。

鸟与人

小鸟问它父亲："世上最高级的生灵是什么？是我们鸟类吗？"

老鸟答道："不，是人类。"

小鸟又问："人类是什么样的生灵？"

"人类……就是那些常向我们巢中投掷石块的生灵。"

小鸟恍然大悟："啊，我知道啦！……可是，人类优于我们吗？他们比我们生活得幸福吗？"

"他们或许优于我们，却远不如我们生活得幸福！"

"为什么他们不如我们幸福？"小鸟不解地问父亲。

老鸟答道："因为在人类心中生长着一根刺，这根刺无时不在刺痛和折磨着他们，他们自己为这根刺起了个名字，管它叫做贪婪。"

小鸟又问："贪婪？贪婪是什么意思？爸爸，您知道吗？"

"不错，因为我了解人类，也见识过他们内心那根贪婪之刺，你也想亲眼见识吗？"

"是的，爸爸，我想亲眼见识见识。"

"这很容易，若看见有人走过来，赶快告诉我，我让你见识一下人类内心那根贪婪之刺。"

少顷，小鸟便叫了起来："爸爸，有个人走过来啦！"

老鸟对小鸟说："听我说，孩子。待会儿我要自投罗网，主动落到他手中，你可以看到一场好戏。"

　　小鸟不由得十分担心，说："如果您受到什么伤害……"

　　老鸟安慰它说："莫担心，孩子，我了解人类的贪婪，我晓得怎样从他们手中逃脱。"

　　说罢，老鸟飞离小鸟，落在来人身边，那人伸手便抓住了它，乐不可支地叫道："我要把你宰掉，吃你的肉！"

　　老鸟说道："我的肉这么少，够填饱你的肚子吗？"

　　那人说："肉虽然少，却鲜美可口！"

　　老鸟说："我可以送你远比我的肉更有用的东西，那是三句至理名言，假如你学到手，便会发大财！"

　　那人急不可耐："快告诉我，这三句名言是什么？"

　　老鸟眼中闪过一丝狡黠的目光，款款说道："我可以告诉你，但是有条件：我在你手中先告诉你第一句名言；待你放开我，我便告诉你第二句名言；等我飞到树上之后，才会告诉你第三句名言。"

　　那人一心想尽快得到三句名言，好去发大财，便马上答道："我接受你的条件，快告诉我第一句名言吧！"

　　老鸟不疾不徐地说道："这第一句名言，便是：莫惋惜已经失去的东西！根据我们的条件，现在请你放开我。"

　　于是那人便松手放开了它。

　　老鸟落到离他不远的地面继续说道："这第二句名言便是：莫相信不可能存在的事情！"

　　说罢，它边叫着边振翅飞上树梢："你真是个大傻瓜，如果刚才把我宰掉，你便会从我腹中取出一颗重量达三十克拉、价值连城的大宝石。"

　　那人闻听，懊悔不已，把嘴唇都咬出了血。他望着树上的鸟儿，仍惦记着他们方才谈妥的条件，便又说道："请你快把第三句名言告诉我！"

春
天
的
遐
想

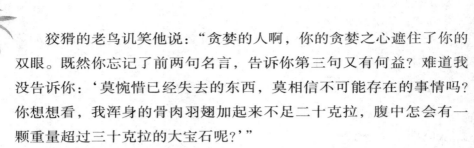

　　狡猾的老鸟讥笑他说："贪婪的人啊，你的贪婪之心遮住了你的双眼。既然你忘记了前两句名言，告诉你第三句又有何益？难道我没告诉你：'莫惋惜已经失去的东西，莫相信不可能存在的事情吗？你想想看，我浑身的骨肉羽翅加起来不足二十克拉，腹中怎会有一颗重量超过三十克拉的大宝石呢？'"

　　那人闻听此言，顿时目瞪口呆，好不尴尬，脸上的表情煞是可笑……

　　一只鸟儿就这样耍弄了一个人。

　　老鸟回望着小鸟说："孩子，你现在可亲眼见识过了？"

　　小鸟答道："是的，我真的见识过了，可这个人怎会相信在您腹中有一颗超过您体重的宝石，怎么相信这种根本不可能存在的事情呢？"

　　老鸟回答说："贪婪所致，孩子，这就是人类的贪婪本性！"

作者简介 ❖

艾哈迈德·巴哈加特

（生年不详）

埃及当代散文家，评论家。代表作《与花儿攀谈》。

与花儿攀谈

我站在一株花面前，这花孤零零的生长在一座被遗弃的花园里。这花园坐落在沙漠中的一个庭院里。花儿感到寂寞，或者我是这样想象的。在这个地方没有任何别的东西，只有她。我以为她一定渴望着一个绿色的伙伴，来慰藉她那无边空旷中的孤寂。

我对她说："早上好！你是此处最美丽的花朵！"

她说："'最美丽'是什么意思？"

我明白了，她太谦虚了，谦虚到这种程度——不知道自己是美丽的。造物主的法则——花儿都顺从这法则——使我感到惊讶。我又问她："你在泥土的黑暗和沉重中开辟道路时，想着什么？你感到很痛苦吗？"

花儿说："什么叫'痛苦'？"

我明白了，痛苦只存在于人类的生活中，而纯美也是她所不了解的。

我又问她："我很遗憾，你现在在想些什么？"

她说："我在想给空气送去芳香的时刻？"

我问她："你喜欢空气到这种程度吗？"

她说："太阳是原因。"

我说："你陷入对太阳的爱了吗？"

花儿说："太阳给我力量，使我充满了馨香。这馨香将一直因于我的内心。所以我想，何时芳香将从我身上溢出，散发在我周围的空气中。而这就是正在发生的事情。"

我问："花儿呦，对于你的奉献，你将得到什么？"

花儿说："我不考虑这些。我不问将获得什么，我只给予。"

我对她说："我希望你回答我的问题。再想一想，对你的给予你将得到何种补偿？什么样的回报？"

花儿说："什么叫'回报'？"

我对她说："我似乎在和你用另一种语言说话。我很遗憾。你现在的梦想是什么？"

花儿说："凋谢，走向老年的平静。创造物落于大地，这是多么美妙啊！它给予馨香，留下智慧。"

作者简介 ❖

艾尼斯·曼苏尔

（1925 ~ ）

埃及著名作家。作品有《历史上最奇特的旅行》、《世界二百天》等。

枣核能帮尖底罐

小耗子可以让雄狮一筹莫展。

鞋子里的一颗钉子，可以搅得你心神不宁。一旦你烦躁不安了，那你就离发怒不远了。你若是发怒，那你对自己或对别人就很难做到公正。

没有什么人未尝过一点"鞋里有钉子"的滋味，或者未体验过衣服里、家里、工作中"有钉子"的感觉。如此说来，你是和正在被"小钉子"或"大钉子"扎痛的人们一起生活着……

也许小钉子扎得更痛些。

不过，我们遇到的问题是：怎样看待这些小钉子？

一个人因精神紧张而忽略小事，只去关心、考虑大事，这只能带来成倍的疲劳困顿。

当拿破仑的妻子发现她和她丈夫在一起常有不快的原因时，她大概进入世上最聪明的女人之列了。不快的原因其实很简单。她发现，她每次向丈夫提出要求时，都被丈夫立刻拒绝。她开始怀疑他，开始查找他生活中是否有别的一些女人。最后她发现了一个小小的秘密，即每次她和他在一起时，他总是站着，而自己总是坐着。于是她改变了格局：她去找他谈心时，让他坐着，自己则站着。噢！

春天的遐想

丈夫平静和缓多了！他不再拒绝她的要求了！

事情解决得如此顺利，因为小举措简单易行。

亚历山大大帝当初曾遇到宫廷人士的挑战，他必须驯服一匹桀骜不驯的烈马。他看出了一个小门道：这匹马怕自己的影子！所有的骑手都背着太阳骑，结果马的眼前照出了影子，马受惊了。亚历山大则迎着太阳骑，影子落在后面，阳光又刺马眼，令马疲倦，于是马变得乖极了。

俗话说："枣核能帮尖底罐"。意思是小事物有助于大事物。这句话的原意是：若把小小的枣核从尖底罐下撤去，那罐就要倒掉了。

因此，某些小事也可能让我们陷入大灾大难！